Fjodor M. Dostojewski
Die Sanfte

FABULA

Mit 15 Federzeichnungen von
Marta Worringer

Fjodor M. Dostojewski

Die Sanfte

Phantastische Erzählung

Buchverlag Der Morgen
Berlin

Originaltitel der Erzählung: Кроткая

Aus dem Russischen von Werner Creutziger

ISBN 3-371-00265-9

Bemerkung des Autors

Ich bitte meine Leser, mir zu verzeihen, daß ich diesmal statt des „Tagebuchs“ in seiner gewohnten Form nichts als eine Geschichte biete. Doch sie hat mich in der Tat den größten Teil des Monats beschäftigt. Wenigstens um Nachsicht bitte ich die Leser.

Nun zur Geschichte selbst. Ich nenne sie eine phantastische, während ich sie selbst doch im höchsten Grad real finde. Das Phantastische aber ist wirklich vorhanden, und zwar in der Form des Erzählens; ich halte es für nötig, das im voraus zu erläutern.

Hier erzählt nämlich nicht jemand von jemandem, und es sind nicht jemandes Aufzeichnungen über sich selbst. Man stelle sich einen Mann vor, dessen Frau tot im Hause liegt, eine Selbstmörderin – vor ein paar Stunden hat sie sich aus dem Fenster gestürzt. Seine Seele ist aufgewühlt, noch kann er die Gedanken nicht sammeln. Er wandert durch die Zimmer und müht sich, in dem Geschehen einen Sinn zu finden, „es mit seinen Gedanken zu ergründen“.

Zudem ist er ein eingefleischter Hypochonder, einer, der Selbstgespräche führt. So spricht er denn mit sich selbst, erzählt, wie es kam, will *Klarheit* für sich finden. Ungeachtet der scheinbaren Folgerichtigkeit dessen, was er sagt, widerspricht er sich öfters, sowohl in der Logik als auch im Fühlen. Er sucht ebenso sich selbst zu rechtfertigen wie sie zu beschuldigen, verliert sich in Nebensächlichem – bald zeigen sich da Grobheit im Denken und Grobheit des Herzens, bald auch tiefes Empfinden. Langsam beginnt er wirklich, *Klarheit* zu finden und die Dinge „zu ergründen". Die Kette der beschworenen Erinnerungen führt ihn schließlich unabweisbar zur *Wahrheit*; die Wahrheit läutert ihm unabweisbar Verstand und Herz. Zum Ende hin wird selbst der Erzählton anders, als er am wirren Beginn der Geschichte gewesen ist. Die Wahrheit enthüllt sich dem Unglücklichen klar und bestimmend genug, wenigstens für ihn selbst.

Dies das Thema. Natürlich, das Erzählen zieht sich über Stunden hin, oft abreißend, woanders anknüpfend, in der Form verworren: bald so, daß er zu sich selbst spricht, bald gleichsam zu einem unsichtbaren Zuhörer gewandt, zu einem Richter. So geschieht es ja auch immer in Wirklichkeit. Könnte ein Stenograph ihn belauschen und alles aufzeichnen, so käme es ein wenig holpriger, unbearbeiteter heraus, als man es bei mir findet, aber ich meine, die psychologische Folge würde vielleicht dieselbe bleiben. Und diese Annahme nun: daß ein Stenograph alles aufschriebe und daß ich nachher das Aufgeschriebene überarbeitete – das ist es, was ich an der Geschichte phantastisch nenne. Solche oder ähnliche Freiheiten hat man sich in der Literatur schon öfter genommen: Victor Hugo zum Beispiel wendete in seinem Meisterwerk „Der letzte Tag eines Gerichteten" beinahe dasselbe Verfahren an; er ließ zwar keinen Stenographen auftreten, erlaubte sich aber eine noch größere Unwahrscheinlichkeit: Er baute auf die Annahme, der Verurteilte sei imstande (und finde Zeit), Aufzeichnungen zu machen, und dies nicht nur an seinem letzten Tag, sondern sogar in der letzten Stunde und buchstäblich in der letzten Minute. Doch hätte er sich nicht diese Phantasie erlaubt, so gäbe es auch das Werk nicht – das realste und wahrheitsgetreueste von allen, die er geschaffen hat.

ERSTER TEIL

I. Wer ich war und wer sie war

Solange sie hier ist, ja, da ist alles noch gut: Immer wieder trete ich vor sie und schaue sie an; aber wenn man sie morgen fortträgt und ich allein bleibe – was dann? Jetzt liegt sie im Salon, man hat zwei Lombertische zusammengerückt und sie darauf gebettet; der Sarg kommt morgen, ein weißer Sarg mit weißem Gros de Naples, aber darum geht es ja nicht ... Ich wandere auf und ab und will es mir erklären. Sechs Stunden schon suche ich nach Klarheit und kann und kann es nicht ergründen. Dabei wandere ich auf und ab, auf und ab ... Ja, so war es. Ich werde es einfach in der richtigen Folge erzählen (der richtigen!). Meine Herrschaften, ich habe gar nichts von einem Schriftsteller, Sie merken das, es ist mir gleich; erzählen werde ich, wie ich es selbst begreife. Darin liegt ja mein ganzes Entsetzen: daß ich alles begreife!

Also, wenn Sie es wissen wollen, das heißt, wenn ich ganz zum Anfang zurückgehe, sie kam damals einfach ein paarmal zu mir, um Sachen zu verpfänden, damit sie eine Anzeige im

„Golos“ bezahlen konnte, so ungefähr: daß sie eine Stelle als Erzieherin sucht, es könnte auch auswärts sein, daß sie ins Haus kommt und Unterricht gibt, na und so weiter. Das war ganz am Anfang, und ich unterschied sie natürlich nicht von den andern – kommt wie alle, nichts weiter. Und dann fiel sie mir auf. So eine Schmale, Feine, Blonde, nicht sehr groß, bei mir immer unbeholfen, anscheinend verwirrt. (Ich glaube, allen Fremden gegenüber war sie so, und ich, versteht sich, bedeutete für sie nichts anderes als alle andern, das heißt, wenn es um mich nicht als den Pfandleiher, sondern als den Menschen geht.) Kaum hatte sie das Geld, so drehte sie sich um und ging. Und alles ohne Worte. Andre Leute, die streiten, bitten, feilschen, wollen recht viel herausholen – die da nicht, sie nahm, was man ihr gab ... Ich glaube, ich rede durcheinander ... Ja, mich verblüfften vor allem ihre Sachen: vergoldete silberne Ohrringchen, ein schäbiges kleines Medaillon – alles Kopekenkram. Sie wußte es selbst, daß sie höchstens zwanzig dafür kriegen konnte; doch ich sah ihr an, daß die Dinge für sie Kostbarkeiten bedeuteten, und wirklich, es war alles, was ihr von Väterchen und Mütterchen noch geblieben war – das erfuhr ich später. Ein einziges Mal erlaubte ich mir, über ihre Sachen zu lächeln. Sie müssen nämlich wissen, das erlaube

ich mir niemals, im Umgang mit dem Publikum herrscht bei mir ein Gentleman-Ton: wenig Worte, höflich und streng. ‚Streng, streng und nochmals streng.' Sie aber erlaubte sich plötzlich, die Reste (buchstäblich die Reste) eines alten Hasenfelljäckchens zu bringen, und ich konnte es mir nicht verkneifen und sagte ihr etwas, was ein Witz sein sollte. Du liebe Zeit, wie ihr da die Röte ins Gesicht schoß! Sie hatte große, blaue, nachdenkliche Augen, aber wie die jetzt blitzten! Doch kein einziges Wort ließ sie fallen, sie nahm ihre „Reste" und – ging. Bei der Gelegenheit fiel sie mir zum erstenmal auf, und ich machte mir so ein paar Gedanken über sie, das heißt so ein paar besondere Gedanken. Ja, ich besinne mich auf meinen Eindruck, das heißt, wenn Sie so wollen, meinen Haupteindruck, die Synthese von allem: nämlich, daß sie schrecklich jung war, so jung, eben vierzehn mochte sie sein. Dabei fehlten ihr damals nur drei Monate an sechzehn. Aber das wollte ich überhaupt nicht sagen, darin bestand gar nicht die Synthese. Am Tag darauf kam sie wieder. Ich kriegte später heraus, daß sie mit dem Hasenfelljäckchen bei Dobronrawow und bei Moser gewesen war, aber die leihen nur auf Gold und wiesen sie rundweg ab. Ich dagegen hatte einmal von ihr eine Kamee angenommen (ein schäbiges Stück); erst später begriff ich es richtig und wunderte mich, denn sonst nehme ich doch auch nichts als Gold- und Silbergegenstände, und bei ihr ließ ich eine Kamee gelten. Das war der zweite Gedanke, der mir damals über sie in den Sinn kam, ich weiß es noch.

Diesmal – sie war erst bei Moser gewesen – brachte sie eine Zigarrenspitze aus Bernstein, ein ganz hübsches Liebhaberstück, doch bei uns wiederum wertlos, weil wir ja bloß Gold nehmen. Da sie nach der gestrigen *Empörung* schon wieder kam, empfing ich sie streng. Meine Strenge ist nüchterne Knappheit. Dennoch, während ich ihr zwei Rubel hinschob, konnte ich nicht umhin, mit einer Art Gereiztheit zu bemerken: „Nur *für Sie* tu ich das; Moser nimmt Ihnen so etwas nicht ab.“ Das *„für Sie“* betonte ich, und zwar in einem bestimmten Sinne. Ich war boshaft. Wieder schoß ihr Röte ins Gesicht, als sie das „für Sie“ hörte, doch sie blieb stumm, wies das Geld nicht zurück, nahm es an – ja, die Armut! Und wie sie errötete! Ich begriff, ich hatte sie getroffen. Und als sie schon hinaus war, fragte ich mich plötzlich: Dieser Triumph über sie, ist er wirklich zwei Rubel wert? Wie denn, wie denn! Ich besinne mich, gerade diese Frage stellte ich mir zweimal: Ist er's wert? Ist er's wert? Und lachend entschied ich sie für mich in positivem Sinne. Wahrhaftig, da geriet ich in beste Laune.

Aber das war kein häßliches Gefühl, nein, mit Vorbedacht, mit Absicht hatte ich so gehandelt; ich wollte sie prüfen, weil mir da plötzlich im Hinblick auf sie so mancherlei Gedanken kamen. Das war das dritte Mal, daß ich *auf besondere Art* über sie nachdachte.

Na, und damit fing alles an. Versteht sich, ich gab mir gleich große Mühe, hintenherum alle ihre Lebensumstände zu erfahren, und wartete besonders ungeduldig darauf, daß sie wiederkäme. Ich fühlte es, sie würde bald kommen. Und als sie kam, knüpfte ich mit ungewohnter Höflichkeit ein Gespräch mit ihr an. Ich bin doch nicht schlecht erzogen und habe gute Manieren. Hm. Ich fand gleich heraus, daß sie ein gutmütiges und sanftes Geschöpf sei. Die Gutmütigen und Sanften wehren sich nicht lange, und wenn sie auch nicht sehr aus sich herausgehen, einem Gespräch ausweichen – das bringen sie einfach nicht zustande; sie antworten sparsam, doch sie antworten; solange man fragt, geben sie auch Antwort; Hauptsache, man läßt selbst nicht nach, wenn man etwas erfahren muß. Versteht sich, von sich aus erklärte sie mir damals gar nichts. Das von den Anzeigen im „Golos“ und von allem andern, das erfuhr ich erst später. Damals ließ sie mit ihren letzten Mitteln Anzeigen drucken, zuerst, versteht sich, hochmütig, so in der Art: Erzieherin sucht Beschäftigung, auch auswärts; Angebote schriftlich. Später hieß es dann: Übernimmt jede Arbeit: als Hauslehrerin, Gesellschafterin, Wirtschafterin, Krankenpflegerin, Näherin ... und so weiter und so weiter, man kennt das ja! Versteht sich, in den Anzeigen kam es so nach und nach, auf mancherlei Art hinzu, und schließlich, als die Verzweiflung vor der Tür stand, da hieß es sogar: ohne Gehalt, für freie Kost. Nein, sie fand keine Stellung! Ich beschloß damals, sie ein letztes Mal auf die Probe zu stellen; unvermittelt griff ich nach der neuesten Nummer des „Golos" und wies sie auf eine Anzeige: „Junges Mädchen, Vollwaise, sucht Stellung als Erzieherin minderjähriger Kinder, vorzugsweise bei älterem Witwer. Hilft auch im Haushalt."

„Sehen Sie, das ist heute früh gedruckt worden, und heute abend wird sie gewiß ihre Stellung haben. So muß man's machen!"

Wieder schoß ihr das Blut in die Wangen, wieder blitzten die Augen, sie drehte sich um und ging sofort. Mir gefiel das sehr. Übrigens war ich meiner Sache damals schon ganz sicher, fürchtete nichts mehr: Zigarrenspitzen würde keiner annehmen. Überdies waren ihr die Zigarrenspitzen schon ausgegangen. Jawohl, am übernächsten Tag kam sie, so ganz blaß, aufgeregt – ich begriff, bei ihr zu Hause mußte etwas geschehen sein; es war auch etwas geschehen. Gleich werde ich erklären, was, vorerst aber möchte ich nur erwähnen, wie ich da auf einmal vor ihr glänzte und in ihren Augen wuchs. Ja, plötzlich kam es mir darauf an. Sie brachte nämlich das Heiligenbild (sie hatte sich dazu aufgerafft) ... Ach, hören Sie, was rede ich da! Jetzt bin ich ja schon mittendrin, ich bringe eben alles durcheinander ... Ich will mir doch jetzt alles vergegenwärtigen, jede Kleinigkeit, jede Winzigkeit. Immerzu will ich meine Gedanken sammeln und – bringe es nicht fertig; da sind diese Winzigkeiten, diese Winzigkeiten ...

Ein Heiligenbild, eine Muttergottes. Die Muttergottes mit dem Knäblein, eine Hausikone, Familienikone, auf alte Art, die Einfassung aus Silber, vergoldet; sie ist – na, sagen wir – sechs Rubel wert. Ich sehe, sie hängt an dem Bild, sie versetzt das ganze Bild, nimmt die Einfassung nicht ab. Ich sage ihr, sie soll es doch lieber von der Einfassung lösen und das Bild selbst wieder mitnehmen. Mit dem Bild selbst wäre es ohnehin so eine Sache.

„Es ist Ihnen wohl verboten?"

„Nein, nicht daß es verboten wäre; bloß, vielleicht wäre es für Sie selber ..."

„Gut, nehmen Sie's ab."

Ich dachte einen Augenblick nach, dann

sagte ich: „Wissen Sie was? Ich nehme es nicht ab, ich stelle es dort in den Ikonenschrein, zu den anderen Bildern, unter das Lämpchen" (seitdem ich die Pfandleihe betrieb, brannte bei mir dort immer das Lämpchen), „und Sie kriegen dafür runde zehn Rubel."

„Ich brauche nicht zehn, geben Sie mir fünf, ich löse es ganz bestimmt ein."

„Zehn wollen Sie nicht? Die Ikone ist es wert", fügte ich hinzu, da ich bemerkte, daß ihre Äuglein wieder aufblitzten. Sie blieb stumm, ich schob ihr fünf Rubel hin.

„Verachten Sie niemanden. Ich saß früher selbst so in der Klemme, ja noch schlimmer wohl, und wenn Sie mich heute bei solcher Beschäftigung sehen ..., das kam eben nach allem, was ich erdulden mußte ..."

„Sie nehmen Rache an der Gesellschaft? Ja?" unterbrach sie mich plötzlich mit einem Lächeln, das spöttisch sein sollte und in dem sich doch viel Unschuld verriet. (Ich meine, das war bei ihr überhaupt so, denn ganz bestimmt machte sie damals keinen Unterschied zwischen mir und den anderen; im Grunde sagte sie es ganz harmlos) ‚Aha', dachte ich, ‚so eine bist du, da tut sich Charakter kund, nach neuer Art.'

„Sehen Sie", bemerkte ich sogleich, halb im Scherz, halb im Ernst. „Ich, ich bin ‚ein Teil von jener Kraft, die stets das Böse will und stets das Gute schafft' …"

Rasch und mit großer Neugier, in der übrigens viel Kindlichkeit lag, blickte sie mich an.

„Halt", sprach sie, „was ist das für ein Gedanke? Woher ist das? Das habe ich schon gehört."

„Zerbrechen Sie sich nicht den Kopf. Mit diesen Worten empfiehlt sich Mephistopheles dem Faust. Haben Sie ihn gelesen, den ‚Faust'?"

„Nicht …, nicht aufmerksam."

„Das heißt überhaupt nicht. Den sollten Sie lesen. Übrigens sehe ich wieder um Ihre Lippen einen spöttischen Zug. Bitte, halten Sie mich nicht für so geschmacklos, daß ich mich Ihnen, um meine Rolle als Pfandleiher auszuschmücken, in der Rolle eines Mephistopheles präsentieren möchte. Pfandleiher bleibt Pfandleiher. Gewiß."

„Sie sind so seltsam. Ich wollte Ihnen gar nicht so etwas sagen."

Sie meinte wohl: Ich hatte nicht erwartet, daß Sie ein gebildeter Mann sind; aber das sagte sie nicht, dafür wußte ich, daß sie es dachte; schrecklich hatte ich ihr imponiert.

„Sehen Sie", bemerkte ich, „auf jedem Feld des Lebens kann man Gutes tun. Ich spreche natürlich nicht von mir, ich tue, sagen wir es ruhig, nichts als Schlechtes, aber …"

„Oh, gewiß kann man auch an jedem Ort Gutes tun“, erwiderte sie und richtete einen raschen, gläubigen Blick auf mich. „Jawohl, an jedem Ort“, sagte sie plötzlich noch einmal. Oh, ich möchte noch etwas hinzusetzen: Wenn es dieser Jugend, dieser lieben Jugend einfällt, so etwas Kluges und Gläubiges zu sagen, so gibt sie das allzu aufrichtig und naiv mit der Miene zu verstehen; paß auf, soll das heißen, jetzt sage ich dir etwas Kluges und Gläubiges. Und das nicht etwa aus Geltungsdrang wie unsereiner, sondern man merkt es ihr an, daß ihr selber all das schrecklich am Herzen liegt, daß sie es achtet, davon durchdrungen ist, und sie meint, daß auch ihr das alles genauso schätzt wie sie. Oh, diese Aufrichtigkeit! Damit siegen sie ja auch. Und bei ihr – wie entzückend stand ihr das!

Ich erinnere mich, nichts habe ich vergessen! Als sie hinaus war, stand mein Entschluß fest. Am gleichen Tag noch holte ich die letzten Erkundigungen ein, und ich erfuhr den Rest ihres Geheimnisses, dessen Aufdeckung ich schon begonnen hatte; was vorausgegangen war, hatte ich von Lukerja erfahren, die damals bei ihnen dort diente und die ich schon vor ein paar Tagen bestochen hatte. Dieses Geheimnis war so schrecklich, daß ich überhaupt nicht begreife, wie ein Mensch noch lachen kann – sie hatte es eben getan – und wie er sich, selber solchem Schrecken ausgesetzt, nach den Worten eines Mephistopheles erkundigen mag. Aber so ist die Jugend! Das, genau das dachte ich damals über sie, mit Stolz und Freude, weil sich da auch Hochherzigkeit zeigte: Mögen wir auch am Rande des Verderbens stehen, die großen Worte Goethes leuchten uns. Die Jugend, mag es bei manchen wenig sein, mag es verschroben herauskommen – hochherzig ist sie immer. Das heißt, eigentlich rede ich nur von ihr, der einen. Und vor allem: zu der Zeit betrachtete ich sie schon als die meine, und ich zweifelte nicht daran, daß ich es schaffen würde. Sie wissen ja, es ist ein gar zu wollüstiger Gedanke, wenn man überhaupt nicht mehr zweifelt.

Aber was ist mit mir! Wenn ich so weitermache, wie soll ich es dann ergründen? Vorwärts, vorwärts, es geht ja um ganz anderes, mein Gott!

II. Der Heiratsantrag

Was ich über sie erfuhr, ihr „Geheimnis“, das will ich in ein paar Worten erklären: Vater und Mutter waren gestorben, schon lange, vor drei

Jahren, und sie wurde von zwei liederlichen Tanten aufgenommen. Sie liederlich zu nennen, das reicht noch nicht aus. Die eine Tante war Witwe, mit großer Familie, an Kindern sechs, eines kleiner als das andere, die zweite Tante war eine alte Jungfer, ein widerliches Weib. Widerlich waren sie beide. Ihr Vater war Beamter gewesen, Beamter im Rang der Schreiber, nicht erblicher Beamtenadel – kurzum, alles ganz in meinem Sinne. Ich mußte da wie ein Wesen aus höherer Welt erscheinen: immerhin Stabshauptmann a.D., aus einem glänzenden Regiment hervorgegangen, von Erbadel, unabhängig und so fort; und meine Pfandleihkasse – auf so etwas konnten die Tanten nur mit Achtung blicken. Drei Jahre hatte sie bei den Tanten in Sklaverei gelebt, und dennoch hatte sie irgendwo ein Examen abgelegt – hatte es bestanden, hatte sich eben nur losgerissen von unbarmherziger Tagelöhnerarbeit und es bestanden. Das wollte schon etwas heißen, dieses Streben zu Höherem und Edlerem, das sie, gerade sie zeigte! Ich – warum wollte ich eigentlich heiraten? Ach, auf mich kann man hier pfeifen, das kommt später ... Als ob es darum ginge! Den Kindern der Tante gab sie Unterricht, sie nähte Wäsche, und es kam so weit, daß sie nicht nur die Wäsche wusch, sondern, bei ihrer schmalen Brust, auch die Fußböden scheuerte. Die aber, die schlugen sie sogar ohne Bedenken, warfen ihr den Bissen Brot vor. Und dann der Gipfel: Sie kamen auf den Gedanken, sie zu verkaufen. Pfui Teufel! Die dreckigen Einzelheiten lasse ich aus. Später hat sie mir alles bis ins kleinste erzählt. All das hatte ein ganzes Jahr lang ein dicker Krämer aus der Nachbarschaft beobachtet, kein gewöhnlicher Krämer freilich, sondern einer, der zwei Kolonialwarengeschäfte besaß. Zwei Frauen hatte der schon ins Grab gebracht, jetzt suchte er die dritte, und da warf er ein Auge auf sie; ‚sie ist still', sagte er sich, ‚in Armut aufgewachsen – ich heirate sie für meine mutterlosen Kinder'. Er hatte wirklich Kinder. Er brachte seine Werbung vor, verhandelte mit den Tanten; dabei hatte er die Fünfzig hinter sich. Sie fiel in Angst und Entsetzen. Deswegen kam sie dann auch ein paarmal zu mir und holte Geld für die Anzeigen im „Golos". Schließlich bat sie die Tanten, sie sollten ihr doch ein ganz klein wenig Zeit zum Überlegen lassen. Ein ganz klein wenig ließ man ihr, aber kein bißchen mehr. Die Tanten hackten auf ihr herum: Haben selber nichts zu fressen und dann noch andre Mäuler stopfen. Das alles wußte ich nun, und so faßte ich, als sie mich am Morgen aufgesucht hatte, meinen Entschluß. Am Abend dieses Tages fuhr der Krämer zu ihr, brachte aus seinem Laden ein Pfund Konfekt für fünfzig Kopeken mit; er saß bei ihr, während ich Lukerja aus der Küche herunterrief und sie anwies, sie solle ihr zuflüstern, daß ich am Torweg stünde und ihr etwas ganz, ganz Dringendes sagen müsse. Ich war mit mir zufrieden. Überhaupt war ich jenen ganzen Tag schrecklich mit mir zufrieden.

Gleich am Torweg erklärte ich ihr, die schon bestürzt darüber war, daß ich sie hatte rufen lassen, in Lukerjas Gegenwart, daß ich es für ein Glück und eine Ehre erachtete ... Zweitens erklärte ich ihr, sie möge sich nicht daran stoßen, daß ich es ihr auf solche Art und am Torweg sagte; ich sei eben ein Mensch von schlichtem, geradem Wesen und hätte mich über die Verhältnisse schon unterrichtet. Das stimmt, daß ich von schlichtem, geradem Wesen bin. Na, ganz egal. Ich redete nicht nur geziemend, daß heißt so, daß ich den Mann von Bildung herauskehrte, sondern auch originell – das vor allem. Ist es vielleicht sündhaft, so etwas zuzugeben? Ich will Gericht über mich halten, und das tu ich. Ich muß das Pro und das Kontra anführen, und das tu ich. Später erinnerte ich mich mit Genuß daran, wenn das auch dumm ist: Ich erklärte ihr damals frei heraus, ohne jede Verlegenheit, daß ich nicht besonders talentiert sei, nicht besonders klug, vielleicht sogar nicht besonders gut, ein ziemlich billiger Egoist (ich habe diesen Ausdruck gut im Gedächtnis, unterwegs hatte ich ihn ersonnen und war ganz zufrieden mit ihm), mit sehr großer Wahrscheinlichkeit hätte ich auch in anderer Beziehung viel Unangenehmes aufzuweisen. All das kam mit einer besonderen Art von Stolz heraus – na, wie man so etwas eben sagt. Natürlich bewies ich Geschmack genug, nach der freimütigen Erklärung meiner Fehler mich nicht in eine Erklärung meiner Vorzüge einzulassen, etwa in der Art: Aber dafür ist mir das eigen und das und das. Ich merkte, daß sie vorerst schreckliche Angst hatte, doch ich milderte nichts, ja, angesichts ihrer Angst trug ich noch stärker auf; ich sagte geradezu, sie werde genug zu essen haben, aber schöne Kleider, Theater, Bälle – daraus werde nichts, höchstens später einmal, wenn ich mein Ziel erreicht hätte. Dieser strenge Ton riß mich entschieden fort. Ich fügte hinzu – wieder so, daß es möglichst beiläufig klang –, daß ich, auch wenn ich so einen Beruf ergriffen hätte, das heißt jene Kasse betriebe, doch nur ein Ziel im Leben hätte; es gebe da eben einen besonderen Umstand ... Schließlich hatte ich das Recht, so zu sprechen; ich hatte wirklich ein solches Ziel, und es gab so einen Umstand. Bitte, meine Herrschaften, mein Leben lang haßte ich diese Pfandleihkasse, ich als erster, aber im Grunde – wenn es auch lächerlich ist, zu sich selbst in so geheimnisvollen Andeutungen zu sprechen –, im Grunde nahm ich doch „Rache an der Gesellschaft“, jawohl, jawohl, jawohl! Sie hätte also gar nicht zu spotten brauchen an diesem Morgen, darüber, daß ich „Rache nähme“; das war ungerecht. Wiederum, sehen Sie, hätte ich ihr jetzt rundheraus erklärt: Jawohl, ich räche mich an der Gesellschaft!, sie hätte laut gelacht wie am Morgen, und dann wäre es auch wirklich zum Lachen gewesen. Ja, mit leiser Andeutung, einem geheimnisvollen Satz, den man einfließen läßt, da kann man, wie sich zeigte, die Vorstellungskraft bestechen. Es kommt hinzu, daß ich nun schon nichts mehr zu fürchten brauchte – ich wußte doch, der dicke Krämer war ihr auf jeden Fall mehr zuwider als ich, und so, wie ich am Torweg stand, mußte ich als Retter erscheinen. Das begriff ich doch gut. Oh, Gemeinheiten begreift der Mensch besonders gut! Doch war es eine Gemeinheit? Wie soll man da einen Menschen verurteilen? Liebte ich sie denn nicht sogar schon damals?

Bitte, versteht sich, daß ich nicht einmal mit einem halben Wort andeutete, ich erweise ihr eine Wohltat; im Gegenteil, ganz im Gegenteil, ich drückte es so aus, als wäre ich der Empfangende, nicht sie. So weit ging es, daß ich es sogar deutlich aussprach und mir nicht versagte, und vielleicht kam das dumm heraus, denn ich bemerkte, wie ein flüchtiger Schatten über ihr Gesicht ging. Aber im ganzen hatte ich durchaus gewonnen. Bitte, wenn schon all der Schmutz ausgebreitet wird, will ich auch die letzte Schweinerei nicht unterschlagen. Ich stand da, durch den Kopf schoß mir: Du bist groß, schlank, gut erzogen und – und, kurzum, ohne Prahlerei gesagt, du bist ein ganz stattlicher Mann. So spielten meine Gedanken. Versteht sich, gleich da am Torweg gab sie mir das Jawort. Aber ..., aber ich muß hinzufügen, dort am Torweg dachte sie erst lange nach, ehe sie es aussprach. So lange dachte sie nach, daß ich drauf und dran war, zu fragen: Nun, wie? Ja, ich verkniff mir's nicht einmal und fragte tatsächlich so albern und galant: „Nun, wie belieben Sie?"

„Warten Sie, ich denke nach."

Und so ein ernstes Gesichtchen machte sie, so ernst – schon damals hätte ich es ablesen können! So aber war ich gekränkt. ‚Sollte sie wirklich', dachte ich, ‚zwischen mir und dem Krämer schwanken?' Oh, damals begriff ich noch nicht! Nichts, nichts begriff ich damals! Bis heute habe ich es nicht begriffen! Ich weiß noch, Lukerja rannte mir nach, als ich schon im Weggehen war, stellte sich vor mich hin und sprach hastig: „Gott mög's Ihnen lohnen,

Herr, daß sie unser liebes Fräulein nehmen, nur sagen Sie ihr das nicht, sie ist stolz."

Gewiß, stolz! Ich kann schon sagen, ich hab die gern, die so ihren Stolz haben. Die Stolzen haben besonderen Reiz, wenn ..., na ja, wenn man an seiner eigenen Macht über sie nicht mehr zweifelt; ist's nicht so? Oh, du niedriger, plumper Mensch! Oh, wie zufrieden ich war! Wissen Sie, als sie damals so überlegend am Torweg stand und nicht gleich ja sagte, während ich mich noch darüber wunderte, wissen Sie, da hat ihr wohl gar so ein Gedanke kommen können: ‚Wenn schon Unglück auf mich lauert, dort wie hier, ist es da nicht besser, gleich das schlimmste zu wählen, den dicken Krämer also – mag er mich doch im Suff recht schnell totprügeln!' Hm? Wie meinen Sie, konnte ihr so ein Gedanke kommen?

Ich begreif es noch jetzt nicht, noch jetzt begreife ich nichts! Dabei sagte ich eben erst, daß ihr so ein Gedanke hat kommen können: von zwei Übeln das größere zu wählen, den Krämer. Wer war für sie das größere Übel, ich oder der Krämer? Der Krämer oder der Pfandleiher, der Goethe zitiert? Auch so eine Frage! Was für eine Frage? Daß du auch das nicht begreifst – die Antwort liegt drüben auf den Lombertischen, und du stellst noch Fragen! Aber pfeif jetzt auf mich, um mich geht es jetzt gar nicht!

Überdies, was soll mir das jetzt: Ob es um mich geht oder nicht? Das, das kann ich schon gar nicht entscheiden. Besser, ich lege mich schlafen. Der Kopf tut mir weh.

III. Der edelste Mensch, aber ich glaube es selber nicht

Ich bin nicht eingeschlafen. Wie denn auch, da es doch im Kopf so hämmert. Ich möchte mit alldem fertig werden, mit all dem Schmutz. O ja, Schmutz! Aus welchem Schmutz habe ich sie damals herausgezogen! Das mußte sie doch begreifen, mußte meine Handlung doch würdigen! Das waren mancherlei Gedanken, die mir gefielen, zum Beispiel daß ich einundvierzig war und sie erst sechzehn. Das entzückte mich, dieses Gefühl der Ungleichheit, gar zu wonnig ist das, gar zu wonnig.

Da wollte ich zum Beispiel eine Hochzeit à l'anglaise ausrichten, das heißt unbedingt zu zweit, bloß eben gerade mit zwei Zeugen, einer würde Lukerja sein, und dann gleich in den Zug, zum Beispiel nach Moskau (da hatte ich gerade etwas zu erledigen), ins Hotel, so für zwei Wochen. Sie machte nicht mit, ließ es nicht zu, und ich war gezwungen, den Tanten achtungsvoll meine Aufwartung zu machen, behandelte sie als die Verwandten, von denen sie mir überlassen wurde. Ich gab nach, den Tanten wurde zuteil, was ihnen zustand. Ich schenkte diesen Kreaturen sogar Geld, jeder hundert Rubel, und versprach noch mehr; versteht sich, ihr sagte ich nichts davon, um ihr mit der Gemeinheit der Umstände keinen Kummer zu bereiten. Die Tanten wurden gleich seidenweich. Es gab auch ein Hin und Her um die Mitgift; sie besaß nichts, fast im buchstäblichsten Sinne, aber sie wollte auch nichts. Es gelang mir jedoch, ihr zu beweisen, daß es ganz ohne Mitgift nicht ging, und so besorgte ich sie, denn wer hätte sie sonst besorgen sollen? Ach was, pfeif auf mich. Verschiedene meiner Ideen konnte ich damals immerhin schon bei ihr anbringen, damit sie wenigstens eine Ahnung davon hatte. Mag sein, ich hatte es zu eilig. Die Hauptsache aber, sie mochte sich zusammennehmen, wie sie wollte, dennoch drängte sie mir mit Liebe entgegen, nahm mich, wenn ich abends zu ihr fuhr, mit Entzücken auf, erzählte mir munter plappernd (mit dem bezaubernden Plappern der Unschuld!) ihre ganze Kindheit, ihre Jugendjahre, alles von ihrem Elternhaus, vom Vater und von der Mutter. Aber ich goß über all die Begeisterung sogleich kaltes Wasser. Eben das war meine Idee. Auf Entzücken antwortete ich mit Schweigen, mit wohlwollendem, natürlich ..., trotzdem begann sie rasch einzusehen, daß wir zweierlei waren und daß ich ein Rätsel sei. Aufs Rätselhafte hatte ich es angelegt – das vor allem! Vielleicht hatte ich doch gerade darum diese ganze Dummheit angefangen: weil sie Rätsel lösen sollte! Zuallererst Strenge – so führte ich sie auch im Zeichen der Strenge ins Haus. Kurzum, ich schuf damals, obschon ich zufrieden war, ein ganzes System. Oh, es fügte sich ohne jede Anstrengung von selbst. Es konnte gar nicht anders sein, ich mußte dieses System schaffen; da gab es einen unabweisbaren Umstand – wahrhaftig, was verleumde ich mich da selbst! Das System war wohlbegründet. Nein, hören Sie, wenn schon über einen Menschen Gericht gehalten wird, dann doch wenigstens in Kenntnis der Sache ... Also hören Sie!

Wie soll ich anfangen; es ist sehr schwierig. Wenn es ans Rechtfertigen geht, dann wird es eben schwierig. Sehen Sie, da verachtet die Jugend zum Beispiel das Geld; ich legte gleich alles Gewicht aufs Geld. Sosehr redete ich vom Geld, daß sie immer mehr verstummte. Sie riß die großen Augen auf, lauschte, sah und schwieg. Sehen Sie, die Jugend ist edelmütig, das heißt die gute Jugend, edelmütig und ungestüm, aber es fehlt ihr an Duldsamkeit; kaum mißfällt ihr etwas, gleich verachtet sie. Ich aber wollte Weitherzigkeit, wollte ihr das Großzügige, Weite einpflanzen, tief ins Herz, damit sie weitherzig alles sähe – Sie wissen, was ich meine? Nehmen wir ein ganz gewöhnliches Beispiel: Wie hätte ich so einem Charakter zum Beispiel meine Pfandleihkasse erklären sollen? Versteht sich doch, daß ich nicht einfach losredete; es wäre dann so herausgekommen, als bäte ich für die Pfandleihkasse um Verzeihung. Nein, ich führte sozusagen den Stolz ins Feld, sprach beinahe schweigend. Im schweigenden Sprechen bin ich ja ein Meister, mein Leben lang habe ich schweigend gesprochen, habe ganze Tragödien allein mit mir durchgestanden. Oh, ich war auch unglücklich! Ausgestoßen wurde ich von allen, ausgestoßen und vergessen, und keiner, nein, keiner weiß davon! Später geschah es dann, daß diese Sechzehnjährige von niederträchtigen Menschen mancherlei Dinge über mich auflas und meinte, sie wisse nun alles, das Eigentliche jedoch blieb einzig in meiner Brust, der Brust dieses Menschen! Immer schwieg ich, und besonders, besonders mit ihr schwieg ich, bis gestern – warum schwieg ich? Weil ich stolz war. Ich wollte, daß sie es selbst herausbekäme, ohne mein Zutun, aber auch nicht durch das, was die Niederträchtigen erzählen, nein, sie sollte das Geheimnis dieses

Menschen selbst erraten und ihn begreifen! Ich wollte, indem ich sie in mein Haus nahm, unbedingt von ihr geachtet werden. Ich wollte, daß sie anbetend ob meiner Leiden vor mir stünde – ich verdiente es. Oh, ich war immer stolz, ich wollte immer alles oder nichts! Und ebendeshalb, weil ich nicht für Halbheit im Glück bin, sondern das ganze Glück begehrte, ebendeshalb war ich damals gezwungen, so zu handeln, also: Errate es selber und zolle mir Achtung! Denn das müssen Sie doch zugeben, wenn ich mich darauf eingelassen hätte, ihr zu erklären und zuzureden, mich zu drehen und zu wenden und um ein wenig Achtung zu bitten – das wäre doch gewesen, als bettelte ich um Almosen ... Überhaupt ..., überhaupt, warum rede ich darüber!

Dumm, dumm, dumm und noch mal dumm! Rundheraus und erbarmungslos (ich betone das „erbarmungslos“) erklärte ich ihr damals in zwei Worten, daß Edelmut die Jugend ziert, daß er aber keinen Groschen wert ist. Warum? Weil die Jugend billig zu ihm kommt, ohne noch recht gelebt zu haben, das sind so alles „des Daseins erste Bilder“; sprechen wir uns wieder, wenn es ernst für euch geworden ist! Billiger Edelmut fällt immer leicht, das Leben hingeben – sogar das ist billig, denn da wallt einfach das Blut, da schäumt die Kraft, da lechzt man leidenschaftlich nach Schönheit! Nein, nehmen Sie mal eine Tat des Edelmuts, aber es sei eine mühevolle, stille, unhörbare, ohne Glanz, Verleumdung beschwörend, hohe Opfer verlangend und kein Tröpfchen Ruhm bringend, eine Tat, bei der Sie, ein prächtiger Mensch, vor aller Welt als Schuft dastehen, während Sie doch redlicher als alle anderen sind – na, versuchen Sie es mit einer solchen Tat; nein, Sie verzichten! Ich aber, ich trug an einer solchen Tat, mein ganzes Leben machte sie aus. Anfangs widersprach sie, oh, und wie! Dann aber wurde sie stiller, schließlich ganz stumm, nur die Augen riß sie schrecklich auf, während sie zuhörte, so große, große, aufmerksame Augen. Und ... und außerdem fiel mir an ihr plötzlich ein Lächeln auf, ein mißtrauisches, verschlossenes, ungutes Lächeln. Eben mit diesem Lächeln führte ich sie in mein Haus. Freilich, ihr blieb ja auch kein anderer Weg.

IV. Pläne, immer wieder Pläne

Wer von uns hat angefangen?

Keiner. Von selbst fing es an, mit dem ersten Schritt. Ich sagte, daß ich sie im Zeichen der Strenge in mein Haus führte, mit dem ersten

Schritt jedoch milderte ich die Strenge. Im Brautstand war ihr erklärt worden, sie habe sich bei mir mit der Pfandleiharbeit zu befassen, also Pfänder anzunehmen und Geld auszuzahlen, und sie hatte damals nichts dazu gesagt (beachten Sie das). Ja mehr noch, sie nahm sich der Sache sogar mit Eifer an. Natürlich, die Wohnung, die Möbel – alles blieb unverändert. Die Wohnung, das sind zwei Räume: ein großer Salon, von dem ein Stück als Geschäftsraum abgetrennt ist, und ein ebenfalls großes Zimmer, das uns beiden als Wohn- und als Schlafzimmer diente. Die Möblierung ist bei mir ärmlich, selbst bei den Tanten war sie besser gewesen. Mein Heiligenschrein mit dem Lämpchen steht im Salon, wo auch die Kasse ist; im Wohnzimmer habe ich meinen Schrank, darin sind ein paar Bücher, und ein Koffer, dessen Schlüssel ich bei mir trage; na, und dann sind dort das Bett, Tische und Stühle. Vor der Hochzeit hatte ich ihr erklärt, daß zu unserem Lebensunterhalt, das heißt für die Kost – für mich, für sie und Lukerja, die ich mitzukommen überredet hatte –, täglich ein Rubel festgesetzt sei, nicht mehr. Ich müsse in drei Jahren dreißigtausend Rubel zusammenbekommen, und anders sei das nicht zu schaffen. Sie wandte nichts dagegen ein, aber ich erhöhte von mir aus den Unterhaltssatz um dreißig Kopeken. So ging es auch mit dem Theater. Ich hatte ihr vor der Hochzeit gesagt, Theater komme nicht in Betracht, dann jedoch genehmigte ich monatlich einen Theaterbesuch, und zwar standesgemäß, im Sperrsitz. Wir gingen zusammen, im ganzen dreimal, wir sahen „Die Jagd nach dem Glück" und „La Pèrichole", glaube ich. (Ach, pfeif drauf, pfeif drauf!) Schweigend gingen wir hin, schweigend kehrten wir zurück. Warum, warum legten wir uns von Anbeginn so aufs Schweigen? Anfangs gab es doch keinen Zwist, trotzdem gab es das Schweigen. Sie blickte mich damals, ich besinne mich, immer so verstohlen an; sowie ich das bemerkte, schwieg ich noch beharrlicher. Ja, ich war es, der sich aufs Schweigen versteifte, nicht sie. Von ihrer Seite gab es ein-, zweimal Aufwallungen, sie umarmte mich stürmisch; da es sich aber um krankhafte, hysterische Aufwallungen handelte, ich hingegen ein solides Glück brauchte und Achtung von ihr erwartete, nahm ich das kalt auf. Und ich tat recht daran, denn nach den Aufwallungen gab es am nächsten Tag jedesmal Streit.

Das heißt, Streit war das wiederum nicht, nein, es war Schweigen, und – und mehr und mehr zeigte sie eine herausfordernde Miene. Aufruhr und Unabhängigkeit – das war's, nur verstand sie es nicht. Ja, dieses sanfte Gesicht blickte immer dreister. Ob Sie es glauben – ich wurde ihr widerwärtig, das habe ich erforscht. Daß es sie manchmal packte, daß sie außer sich geriet – daran jedenfalls war nicht zu zweifeln. Man bedenke doch, aus solchem Schmutz und Elend – mit Fußbodenscheuern – hervorzugehen und dann auf einmal über unsere Armut die Nase zu rümpfen! Dabei, sehen Sie, war es gar nicht Armut, nur Sparsamkeit, und wo es angebracht war, herrschte sogar Luxus, bei der Wäsche zum Beispiel und bei der Sauberkeit. Ich Träumer hatte mir immer früher vorgestellt, daß es vor allem die Sauberkeit sei, mit der ein Mann seine Frau fesselt. Übrigens zielte sie nicht auf die Armut, sondern auf meine Sparsamkeit, die angeblich schäbigem Geiz gleichkam – „das nennt er ein Ziel haben, das nennt er festen Charakter zeigen", sollte das wohl heißen. Aufs Theater verzichtete sie plötzlich von selbst. Und immer deutlicher prägte sich der spöttische Zug ..., und ich schwieg immer beharrlicher, schwieg noch beharrlicher.

Will ich mich etwa rechtfertigen? Die Hauptsache war die Pfandleihkasse. Erlauben Sie, ich wußte doch, für eine Frau, noch dazu eine sechzehnjährige, gibt es nichts anderes, als sich dem Mann vollständig unterzuordnen. Die Frauen haben keine Originalität, das – das ist ein

Axiom, noch heute ist es für mich ein Axiom! Mag das auch drüben im Salon liegen – Wahrheit bleibt Wahrheit, dagegen kann selbst Mill nichts machen! Eine liebende Frau jedenfalls, oh, eine liebende Frau vergöttert selbst die Laster, selbst die Missetaten des geliebten Wesens. Er selber wird für seine Missetaten keine solchen Rechtfertigungen aufspüren, wie sie es für ihn tut. Das ist edelmütig, aber nicht originell. Nichts als die Unoriginalität hat die Frau zugrunde gerichtet. Warum – noch einmal –, warum weisen Sie mich auf das drüben auf dem Tisch? Ist das vielleicht originell, das auf dem Tisch? Oh!

Hören Sie, von ihrer Liebe war ich damals überzeugt. Blieb sie doch dabei, mir um den Hals zu fallen. Sie liebte, das heißt genauer: sie wollte lieben. Ja, so war es, sie wollte lieben, sie suchte zu lieben. Die Hauptsache war eben, daß es gar keine Missetaten von der Art gab, für die sie Rechtfertigungen hätten herausfinden müssen. Sie sagen: ein Pfandleiher – alle sagen das. Pfandleiher, na und? Es muß also Gründe gegeben haben, derentwegen der edelmütigste Mensch zum Pfandleiher geworden ist. Sehen Sie, meine Herrschaften, es gibt Ideen …, nein, sehen Sie, manche Ideen, wenn man die ausspricht, in Worten faßt, klingt es schrecklich dumm. Man schämt sich dann selber. Und warum? Ohne Grund. Darum, weil wir eben alle Pack sind und die Wahrheit nicht ertragen, oder ich weiß nicht, weswegen. Ich sagte eben: der edelmütigste Mensch. Das klingt lächerlich, dabei stimmt es doch. Es ist doch Wahrheit, ja die allerreinste Wahrheit! Ja, ich hatte ein Recht, damals eine materielle Sicherstellung anzustreben und diese Kasse zu eröffnen. ‚Ihr habt mich verstoßen, ihr, also die Menschen, ihr habt mich mit verächtlichem Schweigen von euch gewiesen. Auf mein leidenschaftliches Drängen zu euch hin habt ihr mit einer Kränkung für mein ganzes Leben geantwortet. Darum hatte ich nun auch das Recht, mich von euch durch eine Mauer zu scheiden, die dreißigtausend Rubel zu raffen und das Leben irgendwo auf der Krim, am Südufer, zu beschließen, zwischen Bergen und Weingärten, auf einem eigenen Gut, das ich für die dreißigtausend kaufe, vor allem aber fern von euch, doch ohne Bosheit gegen euch, mit einem Ideal in der Seele, einer geliebten Frau am Herzen, mit einer Familie, wenn Gott Kinder schenkt, und – und hilfreich gegenüber den Landleuten der Nachbarschaft.' Versteht sich, wenn ich jetzt selbst so über mich spreche, ist das gut; nichts Dümmeres aber, als wenn ich ihr das damals in Worten gemalt hätte. Daher auch das stolze Schweigen, daher saßen wir stumm beieinander. Denn was hätte sie schon begriffen? Sechzehn Jahre, früheste Jugend – was konnte sie da verstehen von meinen guten Gründen, von meinen Leiden? Dort herrschten Geradlinigkeit, Lebensunkenntnis, billige jugendliche Überzeugungen, die Nachtblindheit der „schönen Seelen“, und hier ist die Pfandleihe, das genügt, basta! (Doch war ich denn als Pfandleiher ein Bösewicht, sah sie denn nicht, wie ich das Geschäft wahrnahm und daß ich keinen übervorteilte?) Oh, wie schrecklich ist auf Erden die Wahrheit! Dieser Liebreiz, diese Sanfte, dieser Himmel – sie war ein Tyrann, der unerträgliche Tyrann meiner Seele, mein Peiniger. Es hieße mich selbst verleugnen, wenn ich das nicht sagte. Sie meinen, ich liebte sie nicht? Wer kann sagen, ich hätte sie nicht geliebt? Sehen Sie, da offenbarte sich Ironie, bittere Ironie des Schicksals und der Natur! Wir sind verflucht, das ganze Menschenleben ist verflucht! (Meines besonders!) Jetzt begreife ich ja, daß ich irgendwo einen Fehler gemacht habe! Etwas lief falsch. Alles war klar gewesen, mein Plan war klar gewesen wie der lichte Himmel: „Streng, stolz, ein Mensch, der keinerlei moralischen Trost braucht, der stumm leidet.“ Und das stimmte doch, ich log ja nicht, log nicht! ‚Sie wird später selbst einsehen, daß ich da Edelmut bewiesen habe, daß sie es nur nicht zu bemerken verstanden hat – und wenn es ihr eines Tages einleuchtet, so wird sie es zehnfach schätzen, wird in den Staub sinken und anbetend die Hände falten.' So mein Plan. Aber ich vergaß wohl etwas, ließ etwas außer acht. Etwas brachte ich nicht fertig. Doch genug, genug. Wen soll ich jetzt um Verzeihung bitten? Vorbei, vorbei. Nur mutig, Mensch, und sei stolz! Nicht du bist schuld!

Nun denn, ich sage die Wahrheit, ich fürchte mich nicht, der Wahrheit ins Angesicht zu sehen: *Sie* ist schuldig, *sie*.

V. Die Sanfte begehrt auf

Die Zwistigkeiten begannen damit, daß es ihr plötzlich einfiel, auf eigene Art Geld auszuzahlen, Pfänder überzubewerten; zweimal erlaubte sie sich sogar, mit mir über dieses Thema zu streiten. Ich gab nicht nach. Doch da fand sich jene Hauptmannswitwe ein.

Es kam eine alte Frau, Witwe eines Hauptmanns, mit einem Medaillon, einem Geschenk ihres verstorbenen Mannes – ein teures Andenken, klar. Ich zahlte dreißig Rubel aus. Sie erhob ein klägliches Gejammer, bettelte, wir sollten den Gegenstand ja aufbewahren – versteht

sich, wird gemacht. Kurzum, plötzlich, fünf Tage darauf, kommt sie wieder und will das Medaillon gegen ein Armband eintauschen, das keine acht Rubel wert ist; versteht sich, das lehne ich ab. Na, sie muß wohl dabei in den Augen meiner Frau etwas gelesen haben, denn sie erschien noch einmal, als ich nicht da war, und die Frau gab ihr das Medaillon gegen das Armband heraus.

Ich erfuhr das am selben Tag und begann ein Gespräch mit ihr; ich sprach sanft, aber entschieden. Sie saß auf dem Bett, blickte zu Boden und tippte mit der rechten Fußspitze auf den Teppich (das war so ihre Angewohnheit); ein böses Lächeln spielte um ihre Lippen. Ohne die Stimme zu heben, erklärte ich ihr ruhig, daß es sich um *mein* Geld handle, daß ich das Recht hätte, das Leben mit *meinen* Augen zu sehen, und daß ich schließlich, als ich sie in mein Haus führte, nichts vor ihr verborgen hätte.

Plötzlich sprang sie auf, plötzlich zitterte sie am ganzen Leib, und – denken Sie sich nur – plötzlich stampfte sie wütend vor mir auf; das war ein Tier, das war Besessenheit, das war ein besessenes Tier. Ich erstarrte vor Verblüffung; einen solchen Auftritt hätte ich nie erwartet. Doch ich verlor nicht die Fassung, ich rührte mich nicht einmal, ich eröffnete ihr nur rundheraus, immer noch mit ruhiger Stimme, daß ich ihr hiermit untersagte, an meinen geschäftlichen Angelegenheiten fernerhin teilzunehmen. Sie lachte mir ins Gesicht und verließ die Wohnung.

Nun müssen Sie wissen, daß sie kein Recht hatte, die Wohnung zu verlassen. Ohne mich nirgendwohin – so war es in der Brautzeit verabredet. Gegen Abend kehrte sie zurück. Ich sprach kein Wort.

Tags darauf ging sie am Morgen wieder fort, am übernächsten Tag dasselbe. Ich schloß das Geschäft und begab mich zu den Tanten. Mit ihnen hatte ich gleich nach der Hochzeit den Verkehr abgebrochen – ich lud sie nicht zu mir ein und ging nicht zu ihnen. Es stellte sich heraus, daß sie nicht bei ihnen war. Die Tanten hörten mir neugierig zu und lachten mich glatt aus: „Geschieht Ihnen ganz recht." Doch daß sie lachen würden, hatte ich erwartet. Die jüngere Tante, die unverheiratete, bestach ich gleich mit hundert Rubeln; fünfundzwanzig gab ich als Abschlag. Zwei Tage darauf kam sie zu mir. „Das hat mit einem Offizier zu tun", sagte sie, „einem Leutnant Jefimowitsch, einem Ihrer ehemaligen Regimentskameraden." Es verschlug mir die Sprache. Dieser Jefimowitsch hatte mir im Regiment am meisten Böses angetan; trotzdem hatte er sich, schamlos, wie er war, vor einem Monat ein-, zweimal bei mir in der Kasse eingefunden, angeblich, um etwas zu versetzen, und ich besinne mich, daß er dabei mit meiner Frau hatte scherzen wollen. Ich war gleich dazwischengefahren und hatte ihm gesagt, er solle sich in Anbetracht unserer Beziehung künftig nicht mehr unterstehen, zu mir zu kommen; an so etwas aber hatte ich nicht im entferntesten gedacht, ich hatte mir einfach gesagt, er sei eben unverschämt. Jetzt aber teilte mir die Tante plötzlich mit, daß sie und er schon ein Stelldichein verabredet hätten und daß bei der ganzen Angelegenheit eine frühere Bekannte der Tanten, eine gewisse Julija Samsonowna – eine Witwe, noch dazu Oberstenwitwe –, die Fäden knüpfe; „und eben zu der", erfuhr ich weiter, „geht Ihre Gattin jetzt".

Diese Geschichte mache ich kurz. Mich kostete die Sache im ganzen an die dreihundert Rubel, aber zwei Tage später waren Anstalten getroffen, daß ich im Nachbarzimmer, hinter einer angelehnten Tür, stehen und das erste Rendezvous belauschen konnte, das meine Frau unter vier Augen mit Jefimowitsch hatte. In Erwartung dieser Dinge kam es am Abend vorher zwischen uns zu einer kurzen, doch für mich nur zu bedeutsamen Szene.

Sie war am späten Nachmittag nach Hause gekommen, hatte sich aufs Bett gesetzt und

blickte nun spöttisch auf mich, mit der Fußspitze auf den Teppich tippend. Während ich sie so ansah, fuhr mir plötzlich der Gedanke durch den Kopf, daß sie während des ganzen letzten Monats oder, besser gesagt, in den zurückliegenden beiden Wochen sich gar nicht ihrem Charakter nach benahm, sondern man kann beinahe sagen, genau entgegen ihrem Charakter: Da trat ein ungezügeltes, angreiferisches, nicht eigentlich schamloses, aber doch ungehöriges und selbst Wirrnis suchendes Wesen zutage. Ein Wesen, das sich nach Wirrnis drängt. Die Sanftheit jedoch hinderte sie dabei. Wenn so eine bissig gegen die anderen wird, mag sie wohl das Maß überschreiten, und dennoch merkt man ihr an, daß sie nur sich selbst Gewalt antut, sich selbst aufstachelt und daß sie selbst die größte Mühe hat, mit ihrer Keuschheit, ihrer Scham fertig zu werden. Darum geschieht es, daß solche zuweilen gar zu weit vorschnellen, so daß man seinem eigenen beobachtenden Verstand nicht glaubt. Eine mit dem Laster vertraute Seele dagegen wird stets nach außen hin mildern, sie wird gemeiner handeln, aber unter dem Deckmantel von Ordnung und Anstand, und noch dabei den Anspruch erheben, euch überlegen zu sein.

„Stimmt es, daß man Sie aus dem Regiment gejagt hat, weil Sie zu feige waren, sich einem

Zweikampf zu stellen?" fragte sie unvermittelt, ja gewaltsam, und ihre Augen blitzten auf.

„Es stimmt. Nach einem Urteilsspruch der Offiziere wurde ich gebeten, mich aus dem Regiment zu entfernen, obwohl ich, nebenbei bemerkt, vorher schon selbst meinen Abschied eingereicht hatte."

„Als Feigling wurden Sie davongejagt?"

„Ja, Feigheit wurde es im Urteilsspruch genannt. Aber ich hatte nicht aus Feigheit das Duell abgelehnt, sondern deshalb, weil ich nicht gesonnen war, mich ihrem tyrannischen Urteil zu fügen und jemanden zu fordern, von dem ich mich nicht beleidigt fühlte. Sie sollten bedenken", konnte ich mich nicht enthalten zu bemerken, „daß dies: sich mit der Tat gegen solche Tyrannei aufzulehnen und alle Folgen hinzunehmen – daß dies viel mehr Mut beweisen hieß, als wenn ich mich irgendeinem Zweikampf gestellt hätte."

Ich hatte mich nicht beherrschen können, hatte mich mit diesem Satz gleichsam in eine Selbstrechtfertigung eingelassen: Sie aber schien nur darauf gewartet zu haben, auf diese meine neue Erniedrigung. Boshaft lachte sie auf.

„Und stimmt es, daß Sie danach drei Jahre lang wie ein Herumtreiber durch die Straßen Petersburgs gestrichen sind, um Groschen gebettelt und unter Billardtischen genächtigt haben?"

„Auch in der Wjasemski-Spelunke auf der Sennaja habe ich geschlafen. Ja, es stimmt; in meinem Leben gab es nach der Sache mit dem Regiment viel Schmach und einen tiefen Fall, doch keinen moralischen Fall, denn auch damals haßte ich mein Tun, ich selber am meisten. Es war nur ein Absinken meines Willens und meiner Verstandeskraft, und hervorgerufen wurde es einzig durch meine verzweifelte Lage. Doch das ist vorbei ..."

„Oh, jetzt sind Sie ein Mann von Geltung, ein Finanzmann!"

Also eine Anspielung auf die Pfandleihkasse. Doch ich hatte mich schon wieder in der Gewalt. Ich sah, sie dürstete nach Erklärungen, die mich erniedrigen würden, und ich – gab sie nicht. Da läutete eben im rechten Augenblick ein Kunde, und ich ging hinaus in den Salon.

Später, ungefähr eine Stunde darauf, trat sie, plötzlich zum Ausgehen angekleidet, vor mich hin und sprach: „Immerhin haben Sie mir vor der Hochzeit nichts davon gesagt."

Darauf erwiderte ich nichts, und sie ging.

Am nächsten Tag also stand ich in jenem Zimmer hinter der Tür und horchte, wie mein Schicksal sich entscheiden würde; in der Tasche hatte ich einen Revolver. Sie war ein bißchen

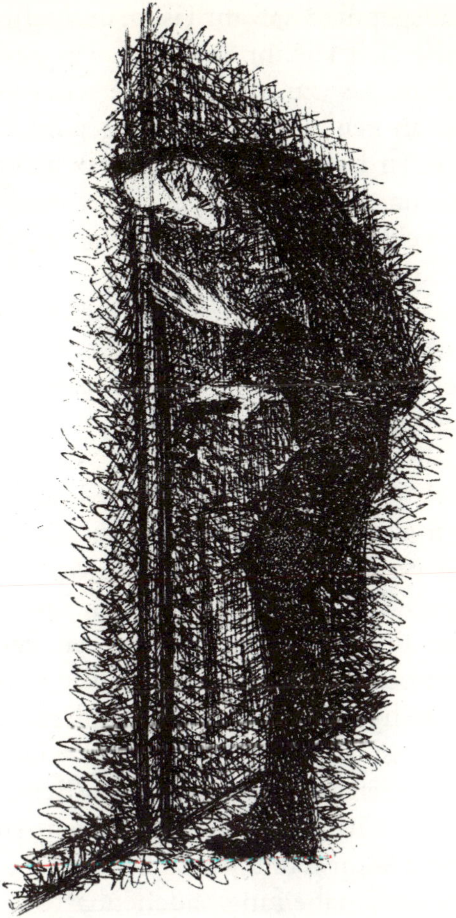

herausgeputzt, saß am Tisch, und Jefimowitsch spielte sich vor ihr auf. Und was geschah? Es geschah das (zu meiner Ehre sei es gesagt), es geschah genau das, was ich geahnt und angenommen hatte, wenngleich mir nicht bewußt gewesen war, daß ich es ahnte und annahm. Ich weiß nicht, ob ich mich verständlich ausdrücke.

Also dies geschah: Ich lauschte eine ganze Stunde, und eine ganze Stunde war ich Zeuge eines Zweikampfs zwischen einer Frau von edelstem und reinstem Wesen und einer oberflächlichen ausschweifenden, stumpfsinnigen Kreatur, einem üblen Kriecher. Woher, fragte ich mich verblüfft, woher weiß sie das alles, diese Naive, diese Sanfte, diese Wortkarge? Der scharfsinnigste Verfasser einer Salonkomödie hätte dies nicht ersinnen können, diese Szene des Spottes, des grenzenlos naiven Lachens und der heiligen Verachtung, mit der die Tugend dem Laster entgegentritt. Und wieviel Glanz lag in ihren Worten und kleinen Bemerkungen, wieviel Witz in den schlagfertigen Antworten, wieviel Wahrheit in ihrem Urteil! Und zugleich wieviel beinahe jungmädchenhafte Einfalt! Sie lachte ihm ins Gesicht auf seine Liebeserklärung, auf seine großen Gesten, auf seine Anträge. Er, der, keinen Widerstand vermutend, grob und rasch zur Tat hatte schreiten wollen, konnte sich nun vor Staunen nicht fassen. Anfangs hätte ich noch denken können, es handle sich bei ihr einfach um Koketterie – die Koketterie eines zwar verderbten, doch geistreichen Geschöpfs, das seinen Wert steigern will. Doch nein, die Wahrheit leuchtete auf wie die Sonne, und keine Zweifel konnte es mehr geben. Einzig aus Haß gegen mich, einem Haß, den sie sich einredete und den sie aufputschte, hatte sie, die Unerfahrene, sich zu einem Rendezvous bereit finden können; als es aber ernst wurde, gingen ihr sogleich die Augen auf. Da war einfach ein Wesen, das hin und her geworfen wurde in dem Drang, mir zu schaden, ganz gleich, womit; doch schon entschlossen, in solchen Schmutz zu tauchen, ertrug es die Verderbtheit nicht. Und sie, die Sündenlose und Reine, die ein Ideal hatte, sie hätte von einem Jefimowitsch oder irgendeiner anderen jener Salonkreaturen verführt werden können? O nein, über ihn konnte sie nur lachen. Die ganze Wahrheit trat aus ihrer Seele hervor, und der Unwille weckte in ihrem Herzen Sarkasmus. Ich wiederhole, dieser Narr wußte schließlich nicht mehr ein noch aus, er saß mit finsterer Miene, gab kaum Antworten, so daß ich schon fürchten mußte, er würde es wagen, sie aus niedriger Rachsucht zu beleidigen. Und auch das wiederhole ich: Zu meiner Ehre lauschte ich dieser Szene beinahe ohne Erstaunen. Ich stieß gleichsam auf nichts als Bekanntes. Ich war gleichsam nur hingegangen, um darauf zu stoßen. Keinem Gerücht, keiner Beschuldigung glaubend, war ich hingegangen, obschon ich den Revolver eingesteckt hatte – das ist die Wahrheit! Hätte ich denn überhaupt ein anderes Bild von ihr haben können? Weswegen liebte, weswegen schätzte ich sie denn, weswegen hatte ich sie denn geheiratet? O gewiß, nur zu gut hatte ich erfahren, wie sehr sie mich damals haßte, doch ich hatte auch erfahren, wie makellos sie war. Ich machte der Szene ein rasches Ende, indem ich die Tür öffnete. Jefimowitsch sprang auf, ich nahm sie an der Hand und hieß sie mitkommen.

Jefimowitsch faßte sich und brach plötzlich in schrilles, lautes Gelächter aus. „Oh, gegen die geheiligten Rechte des Gatten wende ich nichts ein, führen Sie sie nur fort! Und damit Sie's wissen", schrie er mir nach, „obgleich ein anständiger Mann sich mit Ihnen nicht duellieren kann, stehe ich Ihnen doch, aus Achtung vor Ihrer Dame, zur Verfügung ... Das heißt, wenn Sie selbst es wagen wollen ..."

Ich hielt sie einen Augenblick auf der Schwelle zurück. „Hören Sie das!"

Dann, auf dem ganzen Weg nach Hause, fiel kein Wort mehr. Ich führte sie an der Hand,

und sie widersetzte sich nicht. Im Gegenteil, sie zeigte sich furchtbar betroffen, aber nur bis zur Wohnung. Dort angelangt, setzte sie sich auf einen Stuhl und richtete auf mich einen starren Blick. Sie war ungewöhnlich blaß; auf ihre Lippen trat zwar sogleich ein spöttisches Lächeln, doch dann sah sie mich mit einer strengen und triumphierenden Herausforderung an; anscheinend war sie in den ersten Minuten fest davon überzeugt, daß ich sie mit dem Revolver erschießen würde. Aber ich holte die Waffe stumm aus der Tasche und legte sie auf den Tisch. Sie blickte auf mich und den Revolver. (Bemerken Sie wohl: dieser Revolver war ihr bekannt. Ich hatte ihn mir gleich bei der Eröffnung der Pfandleihe zugelegt; er war stets geladen. Damals hatte ich mich entschieden, weder riesige Hunde zu halten noch einen kräftigen Diener anzustellen, wie zum Beispiel Moser einen hat. Bei mir öffnet den Besuchern die Köchin. Wer sich aber mit unserem Gewerbe befaßt, der darf für den äußersten Fall nicht auf eine Möglichkeit der Selbstverteidigung verzichten; darum lag bei mir der geladene Revolver. Sie hatte in den ersten Tagen, nachdem sie in mein Haus gekommen war, großes Interesse an der Waffe bekundet, hatte mich gefragt, und ich hatte ihr den Aufbau und das System erläutert, außerdem hatte ich sie einmal dazu gebracht, auf eine Zielscheibe zu schießen. Beachten Sie das alles.) Ohne mich um ihren verstörten Blick zu kümmern, legte ich mich, halb ausgezogen, ins Bett. Ich fühlte mich ganz erschöpft, es war schon gegen elf Uhr. Sie blieb noch eine Weile sitzen, ohne sich zu rühren, noch ungefähr eine Stunde, dann löschte sie die Kerze und legte sich nieder, ebenfalls in den Kleidern, an der Wand, auf einem Diwan. Zum erstenmal legte sie sich nicht zu mir – beachten Sie auch das.

VI. Eine schreckliche Erinnerung

Jetzt diese schreckliche Erinnerung …

Ich erwachte am Morgen, ich glaube, in der achten Stunde; im Zimmer war es schon fast hell. Ich erwachte, indem mir mit einemmal das volle Bewußtsein kam, und öffnete plötzlich die Augen. Sie stand am Tisch und hielt den Revolver in der Hand. Sie bemerkte nicht, daß ich aufgewacht war und ihr zuschaute. Und plötzlich sah ich, das sie sich mit dem Revolver in der Hand auf das Bett zu bewegte. Ich schloß rasch die Augen und stellte mich fest schlafend.

Sie erreichte das Bett und beugte sich über mich. Ich hörte alles: es war freilich Totenstille eingetreten, doch ich hörte diese Stille. Da durchlief mich ein krampfhaftes Zucken, und plötzlich, unbeherrschbar, gegen meinen Willen, schlug ich die Augen auf. Sie sah mich an, sah mir gerade in die Augen, und der Revolver war meiner Schläfe nahe. Unsere Blicke begegneten sich. Doch wir sahen einander nur den Bruchteil einer Sekunde an. Ich zwang mich, die Augen wieder zu schließen, und zugleich beschloß ich mit aller Kraft meiner Seele, mich nicht mehr zu rühren und die Augen geschlossen zu halten, was immer mich erwarten mochte.

In der Tat kommt es vor, daß auch ein tief schlafender Mensch plötzlich die Augen öffnet, sogar für eine Sekunde den Kopf hebt und ins Zimmer schaut, dann aber sogleich, ohne Bewußtsein, den Kopf aufs Kissen zurücklegt und weiterschläft, nichts von dem Gesehenen im Gedächtnis behaltend. Als ich, nachdem unsere Blicke sich begegnet waren und ich den Revolver nahe meiner Schläfe gesehen hatte, plötzlich wieder die Augen schloß und mich nicht rührte, so als schliefe ich fest, da konnte sie entschieden annehmen, ich schliefe wirklich und hätte nichts gesehen, um so mehr, als es höchst unwahrscheinlich ist, daß jemand das sieht, was ich gesehen habe, und in einem solchen Augenblick wieder die Augen schließt.

Ja, unwahrscheinlich. Und trotzdem hätte sie auch die Wahrheit erraten können – auch das schoß mir plötzlich durch den Kopf, alles im selben Augenblick. Oh, was für ein Wirbel der Gedanken und Empfindungen erhob sich da in weniger als einem Augenblick in meinem Kopf; es lebe die Elektrizität des menschlichen Denkens! In einem solchen Fall (so ahnte ich), das heißt, wenn sie die Wahrheit erriet und wußte, daß ich nicht schlief, in diesem Fall hatte ich sie schon durch meine Bereitschaft, den Tod anzunehmen, zu Boden gedrückt, und ihre Hand mochte jetzt zittern. Die ursprüngliche Entschlossenheit kann an einem neuen, außergewöhnlichen Eindruck zerschellen. Es heißt, wer auf einem Gipfel steht, den zieht es gleichsam hinab ins Bodenlose. Ich meine, viele Selbstmorde und Morde wurden einzig deshalb verübt, weil der Revolver schon in der Hand lag. Auch da ist ein Abgrund, ein Gefälle von fünfundvierzig Grad, da gibt es kein Halten, man gleitet hinab, und unwiderstehlich heißt dich etwas, den Hahn abzudrücken. Der Gedanke freilich, daß ich alles gesehen hatte, alles wußte und wortlos von ihr den Tod erwartete – dies konnte sie auf jenem Gefälle aufhalten.

Die Stille dauerte an, und plötzlich fühlte ich an der Schläfe, an den Haaren die kalte Berührung von Eisen. Sie werden fragen, wie fest ich darauf baute, gerettet zu werden. Ich antworte Ihnen wie vor Gott: Überhaupt keine Hoffnung hatte ich, höchstens die Chance eins zu hundert. Weswegen ich den Tod hinnehmen wollte? Da frage ich zurück: Was bedeutete mir noch das Leben, nachdem das von mir vergötterte Wesen den Revolver auf mich gerichtet hatte? Außerdem wußte ich mit der ganzen Kraft meines Seins, daß zwischen uns gerade in diesem Augenblick ein Kampf im Gange war, ein schrecklicher Zweikampf um Leben und Tod, und in dem Zweikampf stand gerade jener Feigling von gestern, der Mann, der wegen Feigheit von den Kameraden verstoßen worden war. Ich wußte es, und sie wußte es, sofern sie die Wahrheit erraten hatte: daß ich nicht schlief.

Kann sein, daß alles nicht so war, kann sein, mir kamen gar nicht diese Gedanken, dennoch muß es das alles gegeben haben, wenn auch ohne Gedanken, denn künftig kam ich nie mehr, in keiner Stunde meines Lebens, von diesem Augenblick los.

Sie werden abermals fragen: Warum rettete ich sie nicht vor der Missetat? Oh, tausendmal stellte ich mir später selbst diese Frage, jedesmal, wenn ich, von Kälte überrieselt, an jene Sekunde zurückdachte. Doch meine Seele war damals in finstre Verzweiflung gestürzt: Ich ging zugrunde, ich selber ging zugrunde, wen hätte ich da retten können? Und woher wissen Sie, ob ich damals überhaupt wünschen konnte, jemanden zu retten? Woher soll man wissen, was ich damals empfinden mochte?

Im Hirn aber brodelte es; die Sekunden vergingen, es herrschte Totenstille; immer noch stand sie über mich gebeugt – und plötzlich erbebte ich vor Hoffnung! Rasch öffnete ich die Augen. Sie befand sich nicht mehr im Zimmer. Ich stand auf – ich hatte gesiegt, und sie war für immer besiegt!

Ich ging hinaus zum Samowar. Der Samowar kam bei uns immer im vorderen Zimmer auf den Tisch, und den Tee goß immer sie ein. Ich setzte mich stumm und nahm von ihr das Teeglas entgegen. Fünf Minuten später richtete ich den Blick auf sie. Sie war schrecklich blaß, noch blasser als gestern, und sah mich an. Und plötzlich – und plötzlich, da sie merkte, daß ich sie beobachtete, verzog sie die blassen Lippen zu einem blassen Lächeln, und eine schüchterne Frage lag in ihren Augen. ‚Sie zweifelt wohl noch immer und fragt sich selbst: Weiß er's, oder weiß er's nicht, hat er es gesehen oder nicht?' Gleichmütig wandte ich den Blick ab. Nach dem Tee schloß ich das Geschäft, ging auf den Markt und kaufte eine eiserne Bettstelle und einen Wandschirm. Nach Hause zurückgekehrt, gab ich Anweisung, das Bett im Salon aufzuschlagen und den Wandschirm davorzustellen. Das Bett war für sie bestimmt, doch ich sagte ihr kein Wort. Auch ohne Worte verstand sie, mittels dieses Bettes, daß ich alles gesehen hatte und alles wußte, daß es keine Zweifel mehr gab. Zur Nacht ließ ich den Revolver wie immer auf dem Tisch liegen. Spät am Abend legte sie sich stumm in ihr neues Bett; das Band der Ehe war zerrissen, sie war „besiegt, doch nicht freigesprochen". In der Nacht fing sie an zu phantasieren, und am Morgen hatte sie hohes Fieber. Sechs Wochen lag sie krank danieder.

ZWEITER TEIL

I. Ein Traum vom Stolz

Lukerja hat mir eben erklärt, sie wolle nicht bei mir bleiben; sobald ihre Herrin begraben sei, wolle sie fortgehen. Ich habe fünf Minuten kniend gebetet, dabei wollte ich eine Stunde beten, doch immerzu denke ich nach, denke nach, und es sind alles kranke Gedanken, und es ist ein kranker Kopf – wie soll ich da beten, sündhaft ist es! Es wundert mich auch, daß ich nicht schlafen möchte; wenn den Menschen ein großer, allzu großer Kummer ereilt, möchte er, nach den ersten heftigsten Ausbrüchen, immer schlafen. Zum Tode Verurteilte, so heißt es, schlafen in der letzten Nacht ungewöhnlich fest. So muß es auch sein, so ist es natürlich, sonst würden die Kräfte nicht ausreichen … Ich legte mich auf den Diwan, schlief aber nicht ein …

In den sechs Wochen ihrer Krankheit pflegten wir sie Tag und Nacht – ich, Lukerja und die gelernte Wärterin aus dem Krankenhaus, die ich geholt hatte. Ich sparte nicht an Geld, ich hatte sogar den Drang, es für sie auszugeben. Als Arzt ließ ich Doktor Schröder kommen; ich zahlte ihm zehn Rubel für die Visite. Als sie zu Bewußtsein kam, trat ich ihr seltener unter die Augen. Doch wozu beschreibe ich das. Als sie nicht mehr im Bett bleiben mußte, setzte sie sich still und stumm in meinem Zimmer an einen besonderen Tisch, den ich zu jener Zeit ebenfalls für sie gekauft hatte ... Ja, es stimmt, wir schwiegen völlig; das heißt, später fingen wir an zu sprechen, doch nur über alltägliche Dinge. Bei mir war es natürlich Absicht, daß ich wenig redete, aber ich bemerkte sehr gut, daß auch sie offenbar froh darüber war, kein unnötiges Wort sagen zu müssen. Ich hielt das von ihrer Seite für ganz natürlich. ‚Sie ist zu sehr erschüttert und zu sehr besiegt', dachte ich, ‚da muß man ihr natürlich Zeit lassen, zu vergessen und sich zu gewöhnen.' So schwiegen wir nun, aber im stillen bereitete ich mich jede Minute auf das vor, was kommen würde. Ich meinte, sie tue dasselbe, und es war für mich eine schrecklich fesselnde Beschäftigung, zu raten, woran sie eigentlich jetzt dachte.

Noch eines sage ich: O gewiß, keiner weiß, was ich durchgemacht habe, wenn ich während ihrer Krankheit bei ihr stand und stöhnte. Doch ich stöhnte unhörbar, erstickte selbst vor Lukerja das Stöhnen in der Brust. Ich konnte

mir nicht vorstellen, konnte es einfach nicht hinnehmen, daß sie etwa stürbe, ohne alles erfahren zu haben. Als sie außer Lebensgefahr war und zu genesen begann, da – ich erinnere mich – beruhigte ich mich rasch und vollständig. Mehr noch, ich beschloß, *unsere Zukunft hinauszuschieben*, so weit wie möglich, und vorerst alles im gegenwärtigen Zustand zu belassen. Ja, etwas Seltsames, Besonderes geschah mit mir, anders kann ich es nicht nennen: Ich hatte den Sieg davongetragen, und allein schon dieses Bewußtsein genügte mir völlig. So verging denn der Winter. Oh, ich war zufrieden wie nie zuvor, diesen ganzen Winter über.

Sehen Sie, in meinem Leben gab es einen schrecklichen äußeren Umstand, der mich bis dahin, das heißt bis zu der Katastrophe mit der Frau, jeden Tag und jede Stunde bedrückt hatte, nämlich den Verlust der Reputation und jenes Ausscheiden aus dem Regiment. Kurz gesagt: Es war eine tyrannische Ungerechtigkeit gegen mich gewesen. Gewiß, die Kameraden hatten mich nicht gemocht, mein Charakter war ihnen wohl zu schwierig gewesen, vielleicht auch lächerlich, obgleich es doch oft geschieht, daß eben das, was dir selbst erhaben scheint, was dir kostbar ist und was du achtest, die Schar deiner Kameraden aus irgendeinem Grund zum Lachen reizt. Oh, schon in der

Schule hatte man mich niemals geliebt. Immer und überall war ich unbeliebt. Auch Lukerja kann mich nicht lieben. Was den Fall im Regiment betrifft, er war freilich auch eine Folge meiner Unbeliebtheit, doch zweifellos trug er zufälligen Charakter. Ich erwähne das, weil es nichts Kränkenderes und Unerträglicheres gibt, als an einem Zufall zu scheitern, der ebensogut nicht hätte einzutreten brauchen, an einer unglücklichen Verkettung von Umständen, die wie eine Wolke an mir hätten vorübergehen können. Für ein intelligentes Wesen ist das erniedrigend. Die Sache begab sich so.

Im Theater, in einer Pause, ging ich zum Büfett. Plötzlich trat der Husar A. in den Raum, sprach laut, vor den Ohren aller dort anwesenden Offiziere und des übrigen Publikums, zu zwei Husaren, seinen Kameraden, davon, daß im Foyer der Hauptmann Besumzew aus unserem Regiment eben einen Skandal hervorgerufen habe und offenbar betrunken sei. Weiter wurde darüber nicht gesprochen, es stimmte ja auch nicht; Hauptmann Besumzew war nicht betrunken, und der Skandal war im Grunde kein Skandal. Die Husaren unterhielten sich von anderen Dingen, die Sache war damit abgetan; am Tag darauf aber geriet die Geschichte in unser Regiment, und gleich hieß es bei uns, daß am Büfett aus unserem Regiment einzig ich zugegen gewesen sei, und als der Husar A. sich dreiste Äußerungen über Hauptmann Besumzew erlaubte, sei ich nicht zu A. getreten und hätte ihn nicht zur Rede gestellt. Aber wozu hätte ich es tun sollen? Hatte er auf Besumzew einen Pik, so war das ihre persönliche Angelegenheit, was hätte ich mich da einmischen sollen?

Die Offiziere kamen indessen zu dem Schluß, es sei keine persönliche Angelegenheit, sondern sie betreffe auch das Regiment, und da von den Offizieren unseres Regiments einzig ich zugegen gewesen sei, hätte ich allen am Büfett anwesenden Offizieren und dem übrigen Publikum dargetan, daß es in unserem Regiment Offiziere gebe, die hinsichtlich ihrer eigenen Ehre und der Ehre des Regiments keine besondere Empfindlichkeit bewiesen. Einer solchen Auffassung konnte ich nicht zustimmen. Man gab mir zu verstehen, daß ich noch alles korrigieren könne, wenn ich wenigstens jetzt, obgleich es spät sei, in aller Form eine Auseinandersetzung mit A. anstrebte. Das wollte ich nicht, und da ich gereizt war, wies ich es stolz zurück. Sofort darauf reichte ich meinen Abschied ein – das ist die ganze Geschichte. Ich trat ab mit stolz erhobenem Haupt, aber seelisch gebrochen. Wille und Verstand erlahmten mir. Eben da geschah es, daß mein Schwager in

Moskau unser kleines Vermögen durchbrachte, auch meinen Anteil, eine winzige Summe zwar, aber ich stand plötzlich ohne einen Groschen auf der Straße. Ich hätte in den Zivildienst treten können, tat es aber nicht – nachdem ich eine so glänzende Uniform getragen hatte, konnte ich nicht zur Eisenbahn gehen. Also, wenn schon Schmach und Schande, dann bis zum letzten, wenn schon sinken, dann tief hinab, bis zum Grund – dies wählte ich. Es kamen die drei Jahre, die mir eine Folge düsterer Erinnerungen sind; es kam auch die Wjasemski-Spelunke. Vor anderthalb Jahren nun starb in Moskau eine reiche alte Frau, meine Patin; ganz unerwartet zeigte sich, daß sie mir, wie einigen anderen, im Testament dreitausend Rubel vermacht hatte. Ich überlegte und entschied damals mein Schicksal. Ich entschied mich für eine Pfandleihkasse – niemanden brauchte ich da um Verzeihung zu bitten; so käme ich zu Geld, dann zu eigenen vier Wänden und zu einem neuen Leben, fern von den alten Erinnerungen. Dies war der Plan. Und dennoch lasteten die düstere Vergangenheit und der unwiderrufliche Verlust meines Rufs, meiner Ehre jede Stunde, jede Minute drückend auf mir. Doch da heiratete ich. Zufällig oder nicht – ich weiß es nicht. Jedenfalls meinte ich, als ich sie in mein Haus führte, ich führte einen Freund zu mir – gar zu dringend brauchte ich einen Freund. Aber ich sah deutlich, daß ich den Freund erst würde heranbilden, vervollkommnen, sogar besiegen müssen. Hätte ich denn auch dieser Sechzehnjährigen, dieser Voreingenommenen, so auf einmal etwas erklären können? Zum Beispiel, wie hätte ich ihr, wenn mir nicht die zufällig geschehene schreckliche Katastrophe mit dem Revolver geholfen hätte, verdeutlichen, sie überzeugen können, daß ich kein Feigling sei und daß man mich zu Unrecht im Regiment der Feigheit bezichtigt hatte? Die Katastrophe aber kam eben im rechten Augenblick. Indem ich dem Revolver standhielt, tilgte ich meine ganze finstere Vergangenheit aus. Wenn auch sonst niemand davon erfuhr, so erfuhr doch sie es, und das bedeutete für mich alles, weil sie selbst für mich alles bedeutete, alle Hoffnungen in den Träumen von meiner Zukunft! Sie war der einzige Mensch, den ich mir herangebildet hatte, einen anderen brauchte ich auch nicht – und jetzt hatte sie alles erfahren; wenigstens hatte sie erfahren, daß sie sich ganz ungerechterweise so eilig zu meinen Feinden gesellt hatte. Dieser Gedanke entzückte mich. In ihren Augen konnte ich kein Schuft mehr sein, höchstens ein Sonderling, und auch dieser Gedanke wollte mir jetzt, nach allem, was geschehen war, gar nicht mißfallen; denn Sonderbarkeit ist kein Laster, im Gegenteil, zuweilen fesselt sie den weiblichen Charakter. Kurzum, ich schob die Lösung absichtlich hinaus; denn das Geschehene genügte einstweilen vollkommen zu meiner Beruhigung und versorgte mich überreichlich mit Bildern und Stoff für meine Träume. Das ist ja das Schlimme, daß ich ein Träumer bin; mir genügte der Stoff, und von ihr meinte ich, sie könne warten.

So verging der ganze Winter in unbestimmter Erwartung. Ich betrachtete sie gern heimlich, wenn sie so an ihrem Tischchen saß. Sie hatte dann eine Arbeit vor sich, vielleicht Wäsche, und abends las sie manchmal Bücher, die sie aus meinem Schrank nahm. Die Büchersammlung im Schrank mußte auch zu meinen Gunsten sprechen. Fast niemals ging sie aus dem Haus. In der Abenddämmerung, nach dem Essen, führte ich sie jeden Tag spazieren, wir machten uns etwas Bewegung; aber nicht mehr so vollständig stumm wir früher. Ich bemühte mich nämlich sehr darum, daß es so aussah, als schwiegen wir nicht, sondern als sprächen wir in gutem Einvernehmen; wiederum, wie ich schon sagte, waren wir jeder von sich aus bestrebt, das Gespräch nicht allzu weit zu führen. Ich tat es mit voller Absicht, und ihr mußte man, meinte ich, „Zeit lassen". Es ist freilich seltsam, aber ich legte mir, fast bis zum

Ende des Winters, nie Rechenschaft darüber ab, daß ich sie zwar gerne heimlich betrachtete, sie mir jedoch den ganzen Winter über keinen einzigen Blick schenkte. Ich meinte, bei ihr sei das Schüchternheit. Sie sah doch nach der Krankheit so schüchtern-sanftmütig, so kraftlos aus. Nein, besser abwarten; ‚eines Tages wird sie von selbst zu dir kommen ...'

Dieser Gedanke entzückte mich, ich konnte ihm nicht widerstehen. Eines füge ich hinzu: Zuweilen stachelte ich mich gleichsam selbst auf und brachte tatsächlich Sinn und Verstand dahin, daß ich so etwas wie Zorn gegen sie spürte. So zog sich das eine Weile hin. Mein Haß jedoch konnte weder reifen noch in meinem Herzen Wurzeln schlagen. Ich spürte es ja selbst, dies sei nur eine Art Spiel. Zwar hatte ich damals das Band der Ehe zerschnitten, indem ich das Bett und den Wandschirm kaufte, doch niemals, niemals konnte ich in ihr eine Verbrecherin sehen. Nicht etwa deswegen, weil ich ihr Vergehen leichtfertig beurteilt hätte, sondern deswegen, weil ich im Grunde nichts anderes wollte, als ihr ganz zu verzeihen, vom ersten Tag an, sogar noch bevor ich das Bett kaufte. Gewiß, das war etwas Sonderbares bei mir, da ich doch sonst moralisch streng urteile. Es ging noch weiter: In meinen Augen war sie so besiegt, so erniedrigt, so erdrückt, daß ich zuweilen quälendes Mitleid mit ihr spürte, wenngleich mir bei alledem der Gedanke an ihre Erniedrigung manchmal entschieden gefiel. Mir gefiel der Gedanke an unsere Ungleichheit.

In diesem Winter hatte ich Gelegenheit zu einigen guten Taten, und ich nutzte sie bewußt. Zwei Schuldnern erließ ich die Schuld, und einer armen Frau gab ich ein Darlehn ohne Pfand. Meiner Frau sagte ich nichts davon, ich hatte es keineswegs getan, damit sie es erführe; die Frau aber kam von selbst, um mir, beinahe auf den Knien, zu danken. So wurde es bekannt; ich hatte den Eindruck, daß es ihr wirklich Freude bereitete, als sie von der Sache hörte.

Doch der Frühling rückte heran, es war schon Mitte April, die Doppelfenster wurden herausgenommen, und die Sonne erhellte zunehmend mit Strahlenbündeln unsere schweigsamen Zimmer. Doch ein dichter Schleier verhüllte mir den Blick, machte meinen Verstand blind. Ein verhängnisvoller, schrecklicher Schleier! Wie geschah es nur, daß er plötzlich fiel, daß ich plötzlich zu sehen begann und alles begriff! War es Zufall, hatte sich die Zeit erfüllt, hatte ein Sonnenstrahl in meinem abgestumpften Geist einen Gedanken entzündet, eine Ahnung geweckt? Nein, da war kein Gedanke, da war keine Ahnung, vielmehr rührte sich da plötzlich ein Nerv, der schon beinahe erstorben war, er zuckte, lebte auf und erhellte meine ganze abgestumpfte Seele und meinen teuflischen Stolz. Es riß mich gleichsam in die Höhe. So plötzlich, so unvermittelt geschah es. Es geschah gegen Abend, gegen fünf Uhr, nach dem Mittagessen.

II. Der Schleier ist plötzlich gefallen

Zwei Worte seien vorausgeschickt: Erst vor einem Monat war mir an ihr eine seltsame Nachdenklichkeit aufgefallen, weniger Schweigsamkeit als Nachdenklichkeit. Auch damals bemerkte ich es ganz unvermittelt. Sie saß über eine Näharbeit gebeugt und sah nicht, daß ich sie beobachtete. Und da durchfuhr es mich mit einemmal, daß sie doch so schmal und mager geworden sei, das Gesicht so bleich, die Lippen beinahe weiß – dies und dazu die Nachdenklichkeit, alles zusammen, das berührte mich außerordentlich, wie ein ganz unverhoffter Schlag. Auch früher schon hatte ich einen kurzen, trockenen Husten gehört, besonders nachts. Ich stand gleich auf und ging zu Schröder, ihn um seinen Besuch zu bitten; ihr sagte ich nichts davon.

Schröder fand sich am Tag darauf ein. Sie wunderte sich sehr und blickte bald auf Schröder, bald auf mich.

„Ich bin doch gesund", sagte sie und lächelte zaghaft.

Schröder untersuchte sie nicht sehr gründlich (diese Mediziner tun ihre Arbeit manchmal recht herablassend flüchtig), er sagte mir dann nur im andern Zimmer, das sei noch von der Krankheit zurückgeblieben, und es wäre nicht übel, im Frühjahr ans Meer zu fahren oder, wenn das nicht möglich sei, einfach aufs Land zu ziehen. Kurzum, er sagte nichts, als daß es Schwäche oder etwas Ähnliches sei.

Als Schröder gegangen war, sagte sie mir plötzlich noch einmal und sah mich dabei schrecklich ernst an: „Ich bin ganz, ganz gesund."

Doch als sie es gesagt hatte, errötete sie auf einmal, offenbar vor Scham. Ja, offenbar war es Scham. Oh, jetzt begreife ich es, sie schämte sich, weil ich noch ihr Mann war und für sie sorgte, immer noch so, als wäre ich ein richtiger Ehemann. Doch damals begriff ich es nicht; ich schrieb das Erröten ihrer Demut zu (der Schleier!).

Und nun, einen Monat darauf, an einem heiteren, sonnigen Apriltag, saß ich gegen fünf Uhr an der Kasse und rechnete ab. Plötzlich hörte ich, daß sie (in unserem Zimmer, an ihrem Tisch über einer Arbeit sitzend) leise, ganz leise … zu singen begann. Dieses neue Ereignis machte auf mich einen aufrüttelnden Eindruck, den ich bis heute nicht ganz bewältigt habe. Bis dahin hatte ich sie fast nie singen hören, höchstens in den allerersten Tagen, nachdem ich sie ins Haus geführt hatte, damals, als wir uns noch damit vergnügen konnten, mit dem Revolver auf Scheiben zu schießen. Damals war ihre Stimme noch ziemlich hell und kräftig gewesen, ein wenig unsicher zwar, doch schrecklich angenehm und gesund. Jetzt hingegen klang ihr Liedchen so zart und schwach – nein, nicht eben schwermütig (es war so eine Romanze), doch die Stimme schien einen Sprung zu haben, schien irgendwie gebrochen; es war, als müßte das Stimmchen gleich versagen, als wäre das Lied selbst krank. Sie sang ganz leise, und plötzlich, als die Stimme sich aufschwingen wollte, brach sie ab – so ein armes, armes Stimmchen, und so kläglich brach es ab; sie hüstelte eine Weile und sang dann weiter, ganz leise, kaum hörbar …

Über meine Aufregung wird man lachen, und niemals wird jemand begreifen, warum es mich so gepackt hatte! Nein, sie tat mir noch nicht leid, es war noch etwas ganz anderes. Anfangs, wenigstens in den ersten Minuten, stand ich im Banne eines schrecklichen, verständnislosen Staunens, das mich jäh überkommen hatte, schrecklich und seltsam, krankhaft und beinahe rachsüchtig war der Gedanke: ‚Sie singt, und das in meiner Gegenwart! Sie hat mich wohl vergessen?‘

Wie vom Schlag gerührt, blieb ich erst starr sitzen, dann sprang ich auf, nahm den Hut und drängte blindlings hinaus. Zumindest weiß ich nicht, warum ich ging und wohin ich wollte. Lukerja reichte mir den Mantel.

„Sie singt?“ fragte ich sie unwillkürlich. Lukerja begriff nicht und starrte mich an, begriff immer noch nicht; übrigens war ich wohl in der Tat schwer zu begreifen.

„Ist es das erstemal, daß sie singt?“

„Nein. Wenn Sie nicht da sind, singt sie manchmal“, antwortete Lukerja.

Ich erinnere mich an alles. Ich lief die Treppe hinab, trat auf die Straße und ging weiter, aufs Geratewohl. Ich erreichte die nächste Ecke, blieb stehen und starrte ins Leere. Menschen gingen vorüber, stießen mich an, ich fühlte es nicht. Dann winkte ich eine Droschke heran und sagte dem Kutscher, er solle mich zum Polizejski Most fahren, ich weiß selbst nicht, warum.

Doch gleich darauf ließ ich ihn anhalten, drückte ihm eine 20-Kopeken-Münze in die

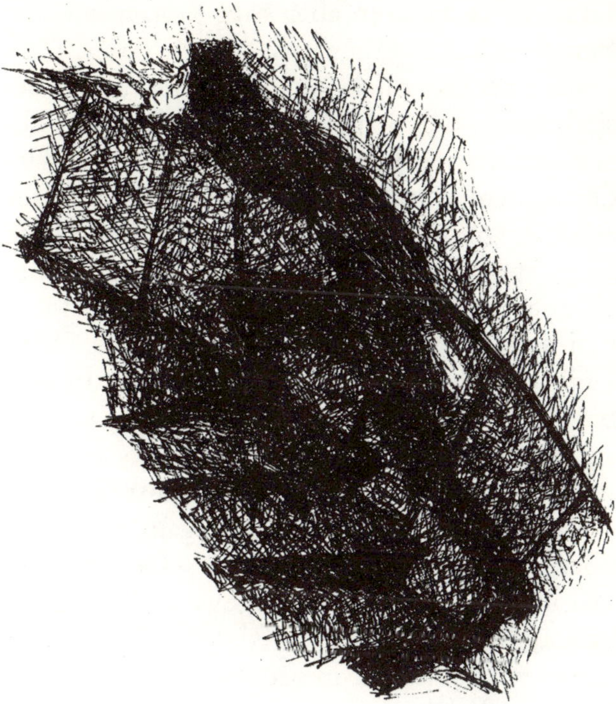

Hand. „Da, weil ich dich nun mal bemüht habe“, sagte ich und lachte ihm ganz sinnlos ins Gesicht, im Herzen aber stieg plötzlich wilde Freude auf.

Ich machte mich auf den Heimweg, beschleunigte den Schritt. Der zersprungene, abgerissene, armselige Ton klang auf einmal wieder in meiner Seele. Mir stockte der Atem. Der Schleier vor meinen Augen fiel, ja, er fiel! Hatte sie in meiner Gegenwart gesungen, so mußte sie mich vergessen haben – es lag auf der Hand, klar und schrecklich. Das Herz fühlte es. Doch zugleich strahlte in meiner Seele die Wonne und bezwang die Angst.

Oh, Ironie des Schicksals! Nichts anderes war doch in meiner Seele, nichts anderes konnte in ihr gewesen sein, den ganzen Winter über, nichts als diese Wonne; ich selber aber, wo war ich den ganzen Winter gewesen? Mein Leben und meine Seele, war das überhaupt eins gewesen? Ich rannte in größter Eile die Treppe hinauf; ob ich zaghaft eintrat, das weiß ich nicht. Ich erinnere mich nur, daß der Fußboden unter mir zu schwanken und ich wie auf einem Fluß zu schwimmen schien. Ich trat ins Zimmer, sie saß noch an ihrem Platz, über ihre Näharbeit gebeugt, sang aber nicht mehr. Flüchtig und ohne Neugier blickte sie auf mich, doch das war gar kein Blick, sondern nur eine Geste, gewöhnlich und gleichmütig, wie man sie macht, wenn irgend jemand ins Zimmer tritt.

Ich ging gerade auf sie zu, setzte mich auf einen Stuhl, dicht neben sie, benahm mich wie ein Irrer. Sie musterte mich rasch, wie erschrokken; ich faßte sie an der Hand, und ich weiß nicht mehr, was ich ihr sagte, das heißt, was ich ihr sagen wollte, denn ich konnte nicht einmal mehr richtig sprechen. Meine Stimme brach, gehorchte mir nicht. Ich wußte ja auch nichts zu sagen, ich rang nur nach Atem.

„Wir wollen sprechen ..., weißt du ..., sag etwas!" Dummes Zeug schwatzte ich plötzlich – oh, ging es denn auch um gescheite Worte? Sie zuckte zusammen und rückte, aufs äußerste erschrocken, beiseite, dabei blickte sie mir wieder ins Gesicht, doch plötzlich malte sich in ihren Augen ein Erstaunen. Ja, Erstaunen, und zwar ein strenges. Sie musterte mich mit großen Augen. Diese Strenge, dieses strenge Erstaunen schmetterten mich nieder, zermalmten mich. So willst du noch Liebe? Liebe? Diese Frage schlug mir aus dem Erstaunen entgegen, obgleich sie schwieg. Doch ich las alles, alles. Alles in mir erbebte, und ich stürzte ihr zu Füßen. Ja, ich warf mich ihr zu Füßen. Sie sprang rasch auf, doch ich hielt sie mit ungewöhnlicher Kraft an beiden Händen fest.

Ich begriff vollkommen meine verzweifelte Lage, oh, ich begriff sie! Aber denken Sie nur, in meinem Herzen wallte eine so mächtige, unbezwingbare Freude, daß ich zu sterben meinte. Ich küßte ihr die Füße, berauscht und glückselig. Ja, in einem maßlosen, grenzenlosen Glück, und das, obwohl ich doch begriff, wie ausweglos und verzweifelt meine Lage war! Ich weinte, sprach etwas und konnte doch nicht sprechen.

Erschrecken und Erstaunen wurden bei ihr unvermittelt durch ein besorgtes Überlegen, eine ganz außerordentliche Frage abgelöst; sonderbar blickte sie mich an, beinahe wild; schnell, schnell wollte sie etwas begreifen, und sie lächelte. Furchtbar peinlich war es ihr, daß ich ihr die Füße küßte; sie zog sie immer wieder zurück, doch da küßte ich gleich die Stelle auf dem Boden, wo ihr Fuß gestanden hatte. Sie bemerkte das und begann plötzlich vor Scham zu lachen. (Sie kennen das, wenn jemand vor Scham lacht.) Ein hysterischer Anfall stand bevor, das sah ich, ihre Hände zitterten, und doch dachte ich nicht daran, flüsterte weiter auf sie ein, daß ich sie liebe, daß ich nicht aufstehen wolle, „laß mich dein Kleid küssen ..., mein Leben lang will ich dich so anbeten ...“ Ich weiß nicht, was noch, erinnere mich nicht – plötzlich fing sie an zu schluchzen, sie zit-

terte am ganzen Leib; ein furchtbarer hysterischer Anfall hielt sie gepackt. Ich hatte sie erschreckt.

Ich trug sie zum Bett. Als der Anfall vorüber war, richtete sie sich auf, ergriff mit schrecklich niedergeschlagener Miene meine Hände und redete mir zu, ich solle mich beruhigen: „Es ist genug, quälen Sie sich nicht, beruhigen Sie sich!" Und wieder begann sie zu weinen. Diesen ganzen Abend wich ich nicht von ihrer Seite. Unaufhörlich sprach ich zu ihr: ich würde sie nach Boulogne bringen, ans Meer, jetzt, sofort, in zwei Wochen; ihr Stimmchen klinge wie zersprungen, ich hätte es vorhin gehört; ich würde die Pfandleihkasse schließen, sie an Dobronrawow verkaufen; ein ganz neues Leben werde beginnen; die Hauptsache aber: nach Boulogne, nach Boulogne!

Sie hörte zu, und ihr Gesicht verriet ständig Angst. Immer mehr Angst verriet es. Doch nicht das beschäftigte mich am meisten, nein, immer stärker, immer unbezwinglicher fühlte ich den Wunsch, ihr wieder zu Füßen zu liegen, sie wieder zu küssen, die Stelle zu küssen, auf die sie den Fuß gesetzt hatte, und sie anzubeten, und – „weiter nichts, weiter gar nichts verlange ich von dir", wiederholte ich ohne Unterlaß, „antworte mir nichts, beachte mich überhaupt nicht, laß mich nur aus einem Winkel dich betrachten, mach mich zu einem Ding, das dir gehört, zu deinem Hündchen…“ Sie weinte.

„Und ich dachte, sie würden mich *so* lassen“, entfuhr es ihr unvermittelt und unwillkürlich, so unwillkürlich, daß sie vielleicht selbst gar nicht bemerkte, wie sie es aussprach, und dennoch, oh, es war an diesem Abend ihr wichtigstes, ihr verhängnisvollstes Wort und zugleich das mir begreiflichste; es traf mich wie ein Messerstich ins Herz! Alles erklärte es mir, alles, einstweilen aber war sie neben mir, vor meinen Augen, unbeirrt hoffte ich und war schrecklich glücklich. Oh, ich habe sie an jenem Abend schrecklich ermüdet, ich begriff das auch, doch unablässig glaubte ich, ich würde sofort alles ändern!

Schließlich, spät am Abend, war sie ganz erschöpft, ich redete ihr zu, sie solle nun schlafen, und sie schlief sogleich ein, schlief ganz fest. Ich fürchtete, sie würde phantasieren, sie phantasierte auch, doch nur ein wenig. In der Nacht stand ich beinahe alle Augenblicke auf, trat ganz leise in Pantoffeln zu ihr und betrachtete sie. Ich rang die Hände, während ich das kranke Geschöpf auf dieser armseligen Pritsche, der schäbigen eisernen Bettstelle betrachtete, die ich ihr damals für drei Rubel gekauft hatte. Ich kniete nieder, wagte ihr aber nicht die

Füße zu küssen, während sie schlief (gegen ihren Willen!). Ich kniete abermals nieder, um zu beten, sprang aber gleich wieder auf. Lukerja beobachtete mich verwundert; alle Augenblicke kam sie aus der Küche gelaufen. Ich ging zu ihr hinaus und sagte, sie solle sich nur hinlegen, von morgen an würde alles „ganz anders" werden.

Daran glaubte ich blind, wahnwitzig, maßlos. Oh, diese Wonne, diese Wonne, die mich erfüllte! Ich wartete nur auf den kommenden Tag. Vor allem, ich glaubte an kein Unglück, ungeachtet aller Symptome. Der rechte Verstand war noch nicht ganz wiedergekehrt, obgleich der Schleier gefallen war, und lange, lange noch ließ er auf sich warten – oh, bis heute, jawohl, bis heute!! Wie hätte er auch gleich wiederkehren können, sie lebte ja noch, sie war ja noch hier vor mir, und ich war vor ihr: ‚Morgen wird sie erwachen, und ich werde ihr alles sagen, und sie wird alles begreifen.' So gingen meine Gedanken, einfach und klar, daher auch die Wonne! Vor allem sah ich die Reise nach Boulogne vor mir. Ich weiß nicht, warum, immer glaubte ich, alles liege an Boulogne, in Boulogne werde es sich endgültig lösen. „Nach Boulogne, nach Boulogne!" Mit wahnwitziger Ungeduld erwartete ich den Morgen.

III. Zu gut begreife ich

Das alles liegt doch nur wenige Tage zurück, fünf Tage, nicht mehr als fünf Tage, am vorigen Dienstag geschah es! Nein, nein, wäre da nur noch ein klein wenig Zeit gewesen, hätte sie nur noch eine winzige Weile gewartet – ich hätte die Finsternis zerstreut! Hatte sie sich denn nicht beruhigt? Schon am Tag darauf hörte sie mir doch mit einem Lächeln zu, ungeachtet der Verlegenheit ... Vor allem, die ganze Zeit über, diese fünf Tage, ließ sie Verlegenheit oder Scham erkennen. Auch Angst, große Angst. Ich bestreite es ja nicht, ich werde nicht wie ein Wahnsinniger widersprechen; sie hatte Angst, aber hätte es denn anders sein können? So lange schon waren wir doch einander fremd geworden, waren wir nicht mehr miteinander vertraut, und plötzlich das alles ... Doch ich achtete nicht auf ihre Angst, mir leuchtete das Neue! Es ist wahr, zwcifcllos wahr, daß ich einen Fehler gemacht habe. Vielleicht sogar viele Fehler. Auch als wir am Tag darauf erwachten, gleich am frühen Morgen (es war cin Mittwoch), beging ich wieder so einen Fehler: Mir fiel plötzlich ein, sie zu meinem Freund zu machen. Ich hatte es zu eilig, gar zu eilig, doch die Beichte war nötig, unumgänglich – was heißt Beichte, es war viel mehr! Ich verheimlichte ihr nicht einmal das, was ich vor mir selbst mein Leben lang verheimlicht hatte. Ich sprach offen aus, daß ich den ganzen Winter von keinem anderen Gedanken beherrscht war als dem, daß ich an ihre Liebe glauben könne. Ich erklärte ihr, daß die Pfandleihkasse nichts als ein Versagen meines Willens und meines Verstandes gewesen sei, eine ganz persönliche Idee von Selbstgeißelung und Selbsterhebung. Ich setzte ihr auseinander, daß ich damals am Büfett tatsächlich feige gewesen sei, schwankend gemacht hätten mich mein Charakter, meine krankhafte Unsicherheit, die Umgebung hätte mich verwirrt, der Raum mit den Menschen; ich hätte mich zweifelnd gefragt: Wie denn, soll ich plötzlich die Aufmerksamkeit aller auf mich ziehen, und wird es nicht dumm ausfallen? Feige sei ich nicht angesichts des Duells gewesen, sondern angesichts der Möglichkeit, daß alles dumm ausfiele ... Und später hätte ich das nicht eingestehen wollen und hätte alle gequält, auch sie hätte ich deswegen gequält, und sie hätte ich dann geheiratet, um sie deswegen zu quälen. Überhaupt sprach ich meist wie im Fieber. Sie nahm mich an der Hand und bat mich innezuhalten: „Sie übertreiben, Sie quälen sich selbst" – und wieder flossen ihre Tränen, wieder kam es beinahe zu Anfällen! Sie bat mich immerfort, ich solle nicht weiter so

sprechen, nicht weiter in der Erinnerung wühlen.

Ich achtete nicht oder nur wenig auf ihre Bitten; da war der Frühling, da war Boulogne! Dort schien die Sonne, dort schien unsere neue Sonne, nur davon sprach ich! Ich schloß die Kasse, alle laufenden Geschäfte übertrug ich Dobronrawow. Unvermittelt schlug ich ihr vor, das wir alles Eigentum an die Armen verteilen sollten, mit Ausnahme jener von der Patin geerbten dreitausend Rubel, die den Grundstock gebildet hatten und für die wir nun nach Boulogne fahren würden; nach unserer Rückkehr würden wir dann ein neues Leben, ein Leben der Arbeit, beginnen. So sollte es auch gelten, denn sie sagte nichts dazu ..., sie lächelte nur. Sie lächelte wohl eher aus Zartgefühl – sie wollte mich nicht bekümmern. Ich sah doch, daß ich ihr zur Last fiel, glauben Sie nicht, daß ich so dumm und egoistisch gewesen wäre, das nicht zu bemerken. Alles bemerkte ich, alles, bis ins letzte, ich bemerkte und wußte es am besten; wie verzweifelt meine Lage war, zeigte sich deutlich!

Ich erzählte ihr alles über mich und über sie. Auch über Lukerja. Ich sprach davon, daß ich geweint hätte. O gewiß, ich wechselte den Gegenstand, auch ich bemühte mich, gewisse Dinge auf keinen Fall zu berühren. Sie wurde sogar lebhaft, ein-, zweimal, ich erinnere mich ganz genau! Warum sagen Sie, ich hätte die Augen offen gehabt und doch nichts gesehen? Oh, wenn nur *das* nicht geschehen wäre, alles hätte sich zum Guten gewendet. Vorgestern noch, als wir vom Lesen sprachen, hatte sie mir doch erzählt, was sie in diesem Winter alles gelesen hatte, und sie hatte so gelacht, als sie sich der Szene zwischen Gil Blas und dem Erzbischof von Granada erinnerte. Was für ein kindliches, liebes Lachen das war, genau wie früher, in der Brautzeit (oh, ein flüchtiger Augenblick!); wie ich mich da freute! Mich verblüffte das übrigens aufs äußerste, die Sache mit dem Erzbischof; das hieß doch, sie hatte, als sie im Winter zu Hause saß, genug Seelenfrieden und Glück gefunden, über das Meisterwerk lachen zu können. Das hieß doch, sie hatte schon angefangen, sich zu beruhigen, schon ganz fest daran zu glauben, daß ich sie *so* ließe. „Ich dachte, Sie würden mich so lassen" – genau das hatte sie am Dienstag ausgesprochen! Oh, ein Gedanke für ein zehnjähriges Mädchen! Und sie glaubte wohl daran, ja glaubte, daß in der Tat alles *so* bliebe; sie an ihrem Tisch, ich an dem meinen, und so ginge es weiter, bis sie sechzig wäre. Plötzlich aber trete ich vor sie hin, als Ehemann, und der Ehemann verlangt Liebe! Oh, dieses Mißverständnis, oh, meine Blindheit!

Ein Fehler war es auch, daß ich sie mit Entzücken betrachtete; sich zu beherrschen galt es, das Entzücken schreckte sie. Aber ich beherrschte mich ja schon, ich küßte ihr nicht mehr die Füße. Kein einziges Mal ließ ich durchblicken, daß ich ..., daß wir immerhin verheiratet seien; nein, es kam mir nicht einmal in den Sinn, ich betete nur! Aber man konnte ja auch nicht gänzlich schweigen, konnte ja nicht ganz stumm bleiben! Einmal, ganz unvermittelt, sagte ich ihr, ich fände wahren Genuß an der Unterhaltung mit ihr und hielte sie für weit, weit gebildeter und geistig fortgeschrittener als mich. Sie wurde über und über rot und erwiderte ganz verwirrt, daß ich übertriebe. Und da erzählte ich ihr törichterweise und unbeherrscht, wie es mich begeistert hätte, als ich, hinter der Tür stehend, ihren Zweikampf belauschte, den Zweikampf zwischen der Unschuld und jener Kreatur, und welchen Genuß mir ihre Klugheit und ihr treffender Witz im Verein mit so kindlicher Einfalt bereitet hätte. Sie schien bis ins Innerste zu erbeben, setzte an, wieder etwas von Übertreibung zu murmeln, doch plötzlich verdüsterte sich schrecklich ihr Gesicht, sie verhüllte es mit den Händen und schluchzte auf ... Da hielt auch ich es nicht länger aus – ich stürzte vor ihr nieder, begann ihr wieder die Füße zu küssen, und abermals endete es mit einem Anfall so wie am Dienstag. Das war gestern abend, und am Morgen darauf ...

Am Morgen darauf?! Wahnsinniger, dieser Morgen war doch der heutige, er ist ja eben erst vorbei!

Hören Sie, und bedenken Sie es wohl: Als wir einander heute früh am Teetisch begegneten (also nach dem gestrigen Anfall), da verblüffte sie mich einfach durch ihre Ruhe, jawohl, so war es! Dabei hatte ich doch die ganze Nacht wegen der Dinge von gestern abend vor Angst gezittert. Aber plötzlich kam sie von selbst auf mich zu, trat ganz dicht zu mir und begann, die Hände gefaltet (heute war es, heute!), davon zu sprechen, daß sie eine Verbrecherin sei, daß sie das wisse, daß ihr Verbrechen sie den ganzen Winter gequält habe, daß es sie auch jetzt quäle ..., daß sie meine Großmut nur zu gut zu schätzen wisse ..., „ich werde Ihnen eine treue Ehefrau sein, ich werde Sie achten ..." Da sprang ich auf, und wie ein Verrückter umarmte ich sie! Ich küßte sie, auf die Wangen, auf die Lippen, als Ehemann, zum ersten Male nach so langer Trennung. Und warum nur, warum bin ich dann weggegangen, bloß für zwei Stunden ..., unsere Auslandspässe ... O Gott! Wäre ich doch fünf Minuten eher zurückgekommen! ... Da standen die vielen Menschen in unserm Torweg, da starrten sie mich an ... O mein Gott!

Lukerja berichtet (oh, jetzt lasse ich Lukerja um keinen Preis fort, sie weiß alles, sie war doch den ganzen Winter da, sie wird mir alles erzählen), sie berichtet, als ich heute morgen nicht zu Hause war, höchstens so zwanzig Minuten vor meiner Rückkehr, da sei sie ahnungslos zur gnädigen Frau in unser Zimmer gegangen, wohl, um etwas zu fragen, ich weiß nicht mehr, und hätte bemerkt, daß ihre Ikone (jenes Bild der Muttergottes) aus dem Heiligenschrein genommen war und vor ihr auf dem Tisch stand; die gnädige Frau schien eben vor der Ikone gebetet zu haben. „Was ist Ihnen, gnädige Frau?" – „Nichts weiter, Lukerja, geh nur ... Warte, Lukerja", sie stand auf und küßte Lukerja. „Sind Sie glücklich", fragte Lukerja, „gnädige Frau?" – „Ja, Lukerja." – „Längst schon hätte der gnädige Herr Sie um Verzeihung bitten sollen ... Dank sei Gott, daß Sie sich versöhnt haben." – „Es ist gut", antwortete sie, „Lukerja, geh jetzt." Und sie lächelte so, so ganz seltsam. So seltsam, daß Lukerja nach zehn Minuten nicht anders konnte, als noch einmal zu ihr hineinzuschauen. „An der Wand stand sie, ganz dicht am Fenster, die Hand an die Wand gepreßt und den Kopf an die Hand gelehnt, sie stand und dachte nach. Und so in

Gedanken versunken stand sie da, daß sie gar nicht hörte, wie ich die Tür aufgemacht hatte und aus dem andern Zimmer zu ihr hineinsah. Mir kam es vor, als ob sie lächelte, sie stand da, dachte nach und lächelte. Ich schaute zu ihr hin, drehte mich dann ganz leise um, ging hinaus und geriet nun selber ins Nachdenken; da auf einmal hörte ich, wie das Fenster aufgemacht wurde. Ich lief gleich wieder zur Tür, wollte ihr sagen: Es ist kühl, gnädige Frau, erkälten Sie sich nicht. Aber plötzlich sehe ich, sie ist auf die Fensterbank gestiegen, steht schon aufgerichtet oben, mit dem Rücken zu mir, in den Händen hält sie das Heiligenbild. Mir stockt gleich das Herz, ich schreie: ‚Gnädige Frau!' Sie hat's gehört, hat sich schon zu mir umdrehen wollen, aber sie hat sich nicht umgedreht, nein, sie macht einen Schritt vorwärts, drückt das Heiligenbild an die Brust und stürzt sich hinunter!"

Ich weiß nur, als ich in den Hof trat, war sie noch warm. Vor allem schauten alle Leute auf mich. Erst schrien sie, dann wurden sie auf einmal stumm und traten vor mir auseinander, und ..., und sie lag da mit dem Heiligenbild. Ich erinnere mich ganz dunkel, daß ich wortlos hinzutrat und lange auf sie blickte, und alle standen um mich herum und redeten auf mich ein. Lukerja stand auch dabei, aber ich sah sie nicht. Hinterher sagte sie, sie hätte mit mir gesprochen. Ich besinne mich nur noch auf den Kleinbürger; der schrie immerzu: „Ganz wenig Blut ist aus dem Mund gekommen, nur für die hohle Hand, die hohle Hand!“ Und er wies mir das Blut auf dem Stein. Ich glaube, ich berührte das Blut mit dem Finger, verschmierte mir den Finger, blickte auf den Finger (das weiß ich noch), und er schrie immerzu: „Für die hohle Hand, die hohle Hand!“

Es heißt, ich hätte da wild aufgeheult, mit letzter Kraft, und geschrien: „Für die hohle Hand – was, was?“ Ich soll die Arme gereckt und mich auf ihn gestürzt haben...

O Wahnsinn, Wahnsinn! Ein Mißverständnis! Es kann nicht sein! Es darf nicht sein!

IV. Nur fünf Minuten zu spät

Etwa doch? Kann es vielleicht sein? Darf jemand sagen, das sei möglich? Wozu, warum starb diese Frau?

Oh, glauben Sie mir, ich begreife es; doch wozu starb sie – die Frage bleibt offen. Sie erschrak vor meiner Liebe, fragte sich ernsthaft: Annehmen oder nicht annehmen? Sie ertrug die Frage nicht und zog das Sterben vor. Ich weiß, ich weiß, ich brauche mir nicht den Kopf zu zerbrechen: Gar zu viel hat sie versprochen, sie ist erschrocken, hat gemeint, sie werde es nie einlösen können – das liegt auf der Hand. Da gibt es einige Umstände, die ganz entsetzlich sind.

Denn die Frage, wozu sie gestorben ist, die bleibt. Die Frage hämmert, sie hämmert in meinem Kopf. Ich hätte sie auch einfach *so* gelassen, wenn ihr daran gelegen war, das alles *so* bliebe. Sie glaubte das nicht – das ist es! Nein, nein, es stimmt nicht, das ist es gar nicht. Einfach deswegen, weil sie mir gegenüber aufrichtig sein mußte; wenn sie mich liebte, mußte sie es ohne Rückhalt tun, nicht so, wie sie den Krämer geliebt hätte. Da sie aber zu keusch, zu rein war, um auf eine Liebe einzugehen, wie sie der Krämer brauchte, wollte sie auch mich nicht betrügen. Sie wollte mich nicht mit einer halben Liebe, einer Viertel-Liebe statt der ganzen betrügen. Ehrlich bis zum äußersten, bitte, das ist es eben! Herzensweite hatte ich ihr damals einimpfen wollen, Sie erinnern sich? Ein sonderbarer Gedanke.

Schrecklich gern wüßte ich, ob sie mich geachtet hat. Ich weiß auch nicht, ob sie mich verachtete oder nicht. Ich glaubte nicht, daß sie es tat. Schrecklich merkwürdig: Warum kam mir den ganzen Winter über kein einziges Mal der

Verdacht, daß sie mich verachte? Im höchsten Maße war ich vom Gegenteil überzeugt – bis zu dem Augenblick, da sie mich mit strengem Erstaunen ansah. Eben, mit strengem. Da begriff ich denn sofort, daß sie mich verachtete. Ich begriff es – unwiderruflich, für alle Zeit! Ach, mochte sie mich verachten, meinetwegen, immerfort, wenn sie nur am Leben wäre, am Leben! Vorhin noch ging sie, sprach sie. Es bleibt mir einfach unfaßbar, wie sie sich aus dem Fenster hat stürzen können! Und wie hätte ich es auch nur fünf Minuten vorher ahnen können? Ich rief Lukerja. Jetzt lasse ich Lukerja um keinen Preis fort, um keinen Preis!

Wir hätten uns doch noch verständigen können. Nur schrecklich fremd geworden waren wir uns diesen Winter, aber hätten wir uns nicht wieder aneinander gewöhnen können? Warum, warum hätten wir nicht zueinander finden und ein ganz neues Leben beginnen können? Ich bin großmütig, sie auch – darin hätten wir uns getroffen! Nur noch ein paar Worte, zwei Tage, nicht mehr, und sie hätte alles begriffen.

Vor allem, es tut so weh, daß dies doch ein Zufall ist – ein gewöhnlicher, barbarischer, blinder Zufall. Das tut weh! Fünf Minuten, nicht mehr, nur um fünf Minuten habe ich mich verspätet! Wäre ich fünf Minuten früher gekommen – die Anwandlung wäre vorbeigezogen wie eine Wolke, und später wäre ihr niemals dergleichen in den Sinn gekommen. Eines Tages hätte sie dann alles verstanden. Jetzt aber sind um mich wieder leere Zimmer, wieder bin ich allein. Die Wanduhr, ja, die tickt, ihr ist alles gleich, ihr tut nichts leid. Niemand ist da – das ist das Unglück!

Ich wandere auf und ab, auf und ab. Ich weiß, ich weiß, Sie brauchen mir nichts zu sagen: Sie finden es lächerlich, daß ich mich über den Zufall und über die fünf Minuten beklage? Dabei liegt es doch auf der Hand. Bedenken Sie nur das eine: Nicht einmal einen Zettel hat sie hinterlassen, auf dem etwa gestanden hätte: „Niemand ist an meinem Tode schuld" – so wie es alle tun. Hätte sie sich denn nicht sagen müssen, daß man sogar Lukerja Unannehmlichkeiten bereiten könnte? Es würde vielleicht heißen: „Sie war mit ihr allein, hat ihr einen Stoß versetzt." Mindestens hätte man sie schuldlos fortgeschleppt, wenn nicht eben vier Personen vom Hof aus oder von Fenstern des Seitengebäudes aus gesehen hätten, wie sie dort oben stand, die Ikone in der Hand, und sich dann selbst hinunterwarf. Aber auch das ist doch Zufall, daß die Leute dort standen und es sahen. Nein, es war ein Augenblick, ein einziger Augenblick ohne Überlegung. Eine plötzliche

Anwandlung, ein kurzer Fieberwahn! Was bedeutet es schon, daß sie vor der Ikone gebetet hat? Das braucht ja nicht ein Gebet vor dem Tod gewesen zu sein. Die ganze Anwandlung dauerte vielleicht nicht länger als zehn Minuten, den Entschluß faßte sie wohl erst, als sie an der Wand stand, den Kopf an die Hand gelehnt, und lächelte. Der Gedanke schoß ihr in den Kopf, machte sie schwindeln, und – und sie konnte ihm nicht widerstehen.

Sagen Sie, was Sie wollen, ganz offensichtlich ist es ein Mißverständnis. Mit mir ließe es sich noch leben. Wie aber, wenn es Blutarmut war? Wenn es einfach geschah, weil sie zu wenig Blut hatte, weil ihre Lebensenergie erschöpft war? Alle Kraft hatte sie verloren in diesem Winter, das ist es …

Zu spät!!!

Wie schmal sie auf dem Totenlager aussieht, wie spitz das Näschen! Wie kleine Pfeile liegen die Wimpern auf den Wangen. Und wie sie nur gestürzt ist – nichts zerschmettert, nichts gebrochen! Nur eben ein wenig Blut, „für die hohle Hand". Das ist ein Löffel voll. Innere Erschütterungen. Ein seltsamer Gedanke: Ob es möglich wäre, sie nicht zu begraben? Denn wenn man sie fortträgt, so …, o nein, es ist fast unmöglich, man darf sie nicht forttragen! Gewiß, ich weiß, man muß sie forttragen, ich bin nicht verrückt, und ich rede keineswegs im Fieber, im Gegenteil, noch nie war mein Verstand so wach und klar; aber wie soll das sein: wieder niemand im Hause, wieder die beiden Zimmer, wieder ich allein mit den Pfändern. Wahnsinn, ja, hier, hier liegt der Wahnsinn! Ich habe sie zu Tode gequält, das ist es!

Was sollen mir jetzt eure Gesetze? Was sollen mir eure Sitten, eure Bräuche, euer Leben, euer Staat, euer Glaube? Mag euer Richter mich richten, mag man mich vor Gericht stellen, vor euer öffentliches Gericht, ich werde sagen, daß ich nichts anerkenne. Der Richter wird schreien: „Schweigen Sie, Offizier!" Und ich werde schreien, ihm zur Antwort: „Wo nimmst du jetzt die Macht her, der ich mich fügen sollte? Warum hat finsteres, blindes Walten das Allerteuerste zerschmettert? Warum sollten mir jetzt eure Gesetze gelten? Ich sage mich los von ihnen." Oh, mir ist alles gleich.

Du siehst nichts, nein! Bist tot und hörst nichts! Du weißt ja nicht, mit welch einem Paradies ich dich umgeben hätte. Ein Paradies lag in meiner Seele, ich hätte es um dich gepflanzt! Freilich, du hättest mich nicht geliebt – was macht das schon? Alles wäre ja *so* gewesen, alles wäre ja *so* geblieben. Hättest du nur einfach zu mir gesprochen wie zu einem Freund – wir hätten uns gefreut, hätten gelacht, hätten einander freudig in die Augen geschaut. Ja, so hätten wir gelebt. Und hättest du auch einen anderen liebgewonnen – was macht das schon! Du wärst mit ihm gegangen und hättest gelacht, und ich hätte von der andern Straßenseite zugeschaut ... Oh, alles würde ich hinnehmen, wenn sie nur die Augen wieder auftäte, wenigstens einmal! Einen einzigen Augenblick, einen einzigen! Sie würde mich ansehen, so wie heute morgen, als sie vor mir stand und mir schwor, eine treue Gattin zu sein! Oh, mit einem einzigen Blick würde sie alles begreifen!

Blindes Walten! O Natur! Die Menschen sind auf Erden allein – das ist das Unglück! „Ist da ein Mensch auf weiter Flur?" ruft der russische Recke im alten Lied. Auch ich rufe es, und ich bin kein Recke, und niemand gibt Antwort. Es heißt, die Sonne belebe das Weltall. Aufgehen wird die Sonne und – seht sie euch nur an, ist sie nicht ein Leichnam? Alles ist tot, und überall sind Tote. Nichts ist da als die Menschen und um sie herum Schweigen – das ist die Erde! „Menschen, liebet einander!" Wer hat das gesagt? Wessen Gebot ist das? Die Wanduhr tickt gefühllos, widerwärtig. Zwei Uhr nachts. Ihre Schühchen stehn am Bett, als warteten sie ... Nein, ernsthaft, wenn man sie morgen forträgt, was fang ich an?

Zu dieser Ausgabe

Die in den zwanziger Jahren unseres Jahrhunderts so stark empfundene Aktualität Dostojewskis hat in Deutschland unter anderem zu zahlreichen bibliophilen Ausgaben seiner Erzählungen geführt. Sie wurden von so bedeutenden Künstlern wie Willi Geiger, Rudolf Großmann, Wassilij Masjutin oder Wilhelm Thöny illustriert. Allein die Erzählung „Die Sanfte" erschien mehrfach mit Grafiken der verschiedensten Künstler, unter ihnen ragen die Federzeichnungen von Marta Worringer mit ihrer künstlerischen Kraft und besonderen Einfühlsamkeit in Dostojewskis Dichtung heraus.

Marta Worringer, geb. Schmitz, wurde am 16. Januar 1881 in Köln geboren, erhielt zwischen 1899 und 1906 in privaten Malschulen von Düsseldorf und München eine künstlerische Ausbildung und heiratete 1907 den bedeutenden Kunsthistoriker Wilhelm Worringer, mit dem sie 1907–1910 in München, 1910–1914 in Bern, 1914–1928 in Bonn, 1928 bis 1944 in Königsberg und 1945–1947 in Berlin lebte. Wie sich ihre Tochter Lucinde Sternberg-Worringer erinnert, folgte der Vater 1947 als Linksliberaler gern einem Ruf an die Martin-Luther-Universität Halle in die damalige sowjetische Besatzungszone, nicht ahnend, daß er im Sommer 1950 mit seiner Frau „tief enttäuscht und unter schwerstem politischem Druck stehend ..., beide fast 70 Jahre alt, nur mit Rucksäcken über die grüne Grenze in die Bundesrepublik" flüchten würde. Marta Worringer hat bis zu ihrem Tod am 27. Oktober 1965 in München gelebt.

Nach Auskunft ihrer Tochter ist Marta Worringer zeitlebens künstlerisch tätig gewesen. In der Königsberger Zeit, als sie sich am intensivsten mit der Ölmalerei befaßte, stand ihr über mehrere Jahre ein Atelier in der Kunstakademie in der Klasse von Prof. Fritz Burmann zur Verfügung, vorher und nachher entstanden vor allem Kohle- und Silberstiftzeichnungen. „Von den enddreißiger Jahren an hat sie, auch mangels Atelier, nach eigenen Entwürfen recht eigenartige schöne bildhafte Seidenstickereien gefertigt. Nur von diesen sind einige wenige Exemplare nach zweimaliger Flucht (1944 und 1950) gerettet worden."

Marta Worringer ist lediglich mit den vorliegenden Federzeichnungen, die 1925 im Kölner Marcan-Verlag in einer bibliophilen Ausgabe der „Sanften" erschienen, an die Öffentlichkeit getreten – der Verleger Fritz Marcan war ein guter Freund des Hauses.

Die dem Expressionismus nahestehenden Zeichnungen stellen den Mann der „Sanften" symbolisch dar als Gestalt des Dunkels, riesige Schatten werfend, die die „Sanfte" bedrohen, das von innen kommende Leuchten ihres Gesichts auslöschen, die unendliche Stille dieser Figur aber nicht verletzen können. Dem Betrachter dürfte das von

Marta Worringer geschaffene Frauenantlitz in seiner Beseeltheit lange nachgehen.

Die fünfzehn Zeichnungen der Originalausgabe wurden hier zumeist in voller Größe, einige etwas verkleinert wiedergegeben.

Die Abbildungen entnahmen wir einem Exemplar der 1925 im Marcan-Verlag Köln erschienenen Ausgabe Fjodor Dostojewski „Die Sanfte“ aus den Beständen der Deutschen Bücherei, Leipzig.

ISBN 3-371-00265-9

1. Auflage

Lizenznummer: 48-48/05/90
LSV 7211
Gesamtgestaltung: Achim Kollwitz
Printed in the German Democratic Republic
Gesamtherstellung: Druckhaus Aufwärts, Leipzig III/18/20-2740
Bestellnummer: 695 768 4
00850